韓語檢定初級
TOPIK寫作
7天搶分！

作者序　'적어도 학생들이 억울하게 점수 깎이는 일은 없도록 하자'

이것이 이 책의 지향점입니다 .

TOPIK 에서 '쓰기' 영역은 주관식 문제와 작문 문제를 비롯 , 학생들이 어려움을 많이 느끼는 부분 중 하나입니다 . 특히 독해 위주의 외국어 학습을 선호하는 아시아권 학생들에게는 '쓰기' 란 어디서부터 어떻게 시작해야할지 상당히 막막해 지는 영역이 아닐 수 없습니다 .

TOPIK 초급의 '쓰기' 영역은 문항수에 비해 유형 수가 적습니다 . 같은 유형의 문제가 2-3 문제씩 출제 되거나 객관식 / 주관식의 형태로 변형되어 출제 되는 등 , 사실 자세히 살펴 보면 몇 가지 유형으로 추려낼 수 있습니다 . 그래서 일단 유형별로 문제들을 정리하였고 , 이 문제들을 '어떻게' 푸는지 그 방법을 소개했습니다 . 여기에 더해 자주 출제되는 문형을 따로 정리하여 '시험 대비' 라는 목적에 부합하도록 편집하였습니다 .

그리고 배점이 무려 30 점이나 되지만 , 어떻게 준비해야 하는지 도통 알 길이 없는 '작문' 문제는 수많은 학생들이 '왜 점수가 이렇게 많이 깎였는지' 그 원인을 알지 못합니다 . 보통 원인은 다음과 같습니다 .

원고지 쓰는 법을 모름 , 글자수 부족 , 문제에서 요구하는 '필수 요소' 를 제대로 쓰지 않음 , 글의 개요가 없음 . (이상 초 , 중 , 고급 학생들의 공통적인 문제) 서론 / 본론 / 결론의 글 짜임새가 갖추어지지 않음 (이상 중 , 고급 학생들에 해당)

그래서 저는 작문 문제에서 가장 시급한 문제인 '원고지 쓰는 법' 을 정리했고 , 작문 문제에서 유용한 문형을 정리했습니다 . 그리고 작문 시 유용한 작은 팁을 소개했습니다 .

모든 공부는 공부하는 '목적' 에 맞게 그 방법이 달라집니다 . 이 책은 '시험 대비서 ' 인 만큼 , 시험에서 고득점을 하는 방법을 싣는 것에 주력하였습니다 . 이 책이 한국어에 관심을 갖고 열심히 공부하려는 학생들에게 도움이 되기를 소망합니다 .

2013 년 여느 때처럼 너무너무 더운 여름날 , 시험공부에 매진하는 여러분을 응원하며 .

노수정

這是本書的旨趣所在。

TOPIK「寫作」領域的手寫題和作文題目，是多數學生的考試難題。尤其亞洲學生學習外語時，多以閱讀為學習傾向，「寫作」該從什麼地方準備起，應該覺得相當茫然。

TOPIK 初級「寫作」領域的題型比題目來得少，通常一個題型大概會有 2～3 個題目，或是以選擇題、手寫題的型態來做出題變化，所以只要仔細一看就能推敲出幾種題型來。因此本書先按照題型把題目整理出來，介紹這些題目要「如何解題」，另外也進一步整理出常考的題目，作為學生們「對付考試」的題庫。

最後，配分高達 30 分，卻不知該從何準備的「作文」題，常常讓許多學生不知道「為什麼被扣了這麼多分？」但一般來說有以下原因：

不知道稿紙的寫法、字數不足、沒有確實寫出題目要求的「必要條件」、文章沒有大綱（以上為初、中、高級學生們的共同問題）；文章沒有「序論－本論－結論」的文章結構（以上為中、高級學生們的共同問題）。

所以本書整理了作文題目中最需要快點解決的問題——「稿紙的寫法」，和寫作文時有幫助的句型和小技巧。

所有的學習都會為了符合學習的「目的」而改變學習的方法。本書作為一本「應試書」，也會致力於介紹考試拿高分的方法，希望能夠幫助每一位對韓語有興趣，且認真學習的同學。

2013 年比往常炎熱的夏日，為努力準備考試的各位加油！

魯水晶

TOPIK 資訊介紹

1. 考試時間

◎ 每年共實行 4 次，考試時間因地區及時差有所不同，且考試日期有可能變更。報名時請上官方網站（www.topik.go.kr）確認最新消息。

時機		實施地區	美洲、歐洲、非洲	亞洲、大洋洲	韓國
上半期	1 月份	韓國	-	-	星期日
	4 月份	韓國・海外	星期六	星期日	星期日
下半期	7 月份	韓國	-	-	星期日
	9 月份	韓國・海外	星期六	星期日 ※ 台灣目前僅此梯次	星期日

※ 台灣今年（2013 年）韓檢日期為 10 月 20 日（日）。

2. 考試等級

◎ 考試級數：初級、中級、高級
◎ 評鑑標準：6 個等級（1 級～6 級）

考試程度	初級		中級		高級	
評鑑標準	1 級	2 級	3 級	4 級	5 級	6 級
等級判定	※ 依據考試成績案應試級別判定等級					

3. 考題結構

◎ 各領域結構

課堂	第 1 堂			第 2 堂		合計
領域	語彙 / 文法	寫作		聽力	閱讀	4 領域
題型	選擇	手寫	選擇	選擇	選擇	選擇 / 手寫
試題數	30	5 ～ 7	10	30	30	105 ～ 107
分數	100	60	40	100	100	400

◎ 作文寫作字數限制：

初級 150 ～ 300 字、中級 400 ～ 600 字、高級 700 ～ 800 字。

4. 合格判定

● 成績達所有領域（語彙／文法、寫作、聽力、閱讀）各級別的平均分數，但不得有任何一領域成績為不合格分數。

級數	考試等級	合格（各科平均分數）	不合格（單科分數）
初級	1 級	50 分以上	未滿 40 分
	2 級	超過 70 分	未滿 50 分
中級	3 級	50 分以上	未滿 40 分
	4 級	超過 70 分	未滿 50 分
高級	5 級	50 分以上	未滿 40 分
	6 級	超過 70 分	未滿 50 分

● 各級數能力要求

等級		標準
初級	1 級	◇ 能夠表達日常生活的基礎會話（自我介紹、購物、點餐等），也可以理解且表達關於個人熟悉的話題（個人、家庭、喜好、天氣等）。 ◇ 掌握約 800 個基礎詞彙並加以應用。 ◇ 理解並能應用簡單的日常生活句子。
	2 級	◇ 具有「打電話、求助」日常生活所需語言能力，及利用「郵局、銀行」等公共設施的能力。 ◇ 掌握大約 1,500~2,000 個詞彙，並能應用於文句上，理解關於個人及熟悉的話題。 ◇ 能夠區別使用正式及非正式場合的語言。
中級	3 級	◇ 日常生活溝通不會有所不便，擁有使用公共設施和維持社交的語言能力。 ◇ 除了熟悉的話題，也能理解社會熱門話題並加以表達。 ◇ 能區別書面語與口語的基本特性與應用。
	4 級	◇ 除了具有使用公共設施和維持社交的能力外，還有處理一般事務的能力。 ◇ 能理解「電視新聞、報紙」上的基本內容。 ◇ 能理解且應用一般社會性和抽象性話題。 ◇ 以經常使用的慣用表現及韓國代表性文化為基礎，且能理解並應用社會、文化方面的內容。
高級	5 級	◇ 具有專業領域中進行研究或事務處理所需的語言能力。 ◇ 能理解政治、經濟、社會、文化等不為人熟悉的話題領域。 ◇ 能適當使用正式、非正式場合的用語及口語、書面語。
	6 級	◇ 在專門領域的研究或事務處理中，使用正確且流暢的語言能力。 ◇ 可以理解應用政治、經濟、社會、文化等不為人熟悉的話題領域。 ◇ 雖然不及母語話者的水平，但在語言表達上不會感到困難。

5. 成績發布

● 發布時間：可於繳交報名表時詢問、參閱 TOPIK 官網公告
● 發布方法：公告於 TOPIK 官網（www.topik.go.kr）及發送個人成績單
● 發送成績單

　　不論是否合格一律發予成績單。成績單上均會標示應試水平、各領域分數、總分、平均分數及是否合格。

　△若欲在官網上查詢個人成績，需輸入考試回數、准考證號碼、生年月日。

　△若欲列印成績證明書，可透過官網「成績證明發給欄」親自列印成績證明書，但網路環境必須與韓國相容，且可透過網路結帳。

目錄

本書使用符號參考表：
V：**동사** 動詞　　　　N：**명사** 名詞
A：**형용사** 形容詞　　adv.：**부사** 副詞

DAY 01

完成簡單的對話

學習
目標

- [ ] 學習以「네 / 아니요」回答問題
- [ ] 找出疑問詞回答問題
- [ ] 掌握題目內容，判斷時態

題型 [31~32]

　　這類的題型，問題要求的答案是「네」或「아니요」開始的回答句。所以回答句裡有네的話，一定會出現跟問句一樣的內容；有아니요的話，一定會出現跟問句相反的內容。初級檢定考試裡，常常出現的否定型有：N 이／가 아니다（不是）、안 V/A（不）、못 V（不能）、V/A 지 않다（不）、모르다（不知道、不認識）、싫다（不喜歡、討厭）、없다（沒有）。

練習題 ①

가 : 책을 읽어요?　你在看書嗎？

나 : _____.

① 네 , 책을 읽어요　是的，我在看書。

② 아니요 , 책을 읽어요　不，我在看書。

③ 네 , 책을 안 읽어요　是的，我不看書。

④ 아니요 , 책이 없어요　不，沒有書。

從這題來看，答案的可能性有兩個。一是「是的，我在看書」，二是「不，我沒看書」。所以，看到네的話，答案則跟問句一樣是책을 읽어요；看到아니요的話，答案裡則應該有안、- 지 않다、못 等否定型。因此，正確的答案是①。

練習題 ② （第 21 回第 32 題）

가 : 포도가 싸요?　葡萄很便宜嗎？

나 : _____.

① 네 , 포도예요　是的，是葡萄。

② 아니요 , 포도가 싸요　不，葡萄很便宜。

③ 네 , 포도가 아니에요　是的，不是葡萄。

④ 아니요, 포도가 비싸요　不，葡萄很貴。

從這題來看，答案的可能性有兩個。一是「是的，很便宜」，二是「不，不便宜（很貴）。」所以，看到네的話，答案則跟問句一樣是싸요；看到아니요的話，答案裡則應該有안、- 지 않다等的否定型，或相反意思的비싸다。因此，正確的答案是④。

練習題 3 （第 23 回第 32 題）

가 : 수영을 좋아해요?　你喜歡游泳嗎？

나 : _____ .

① 네, 수영이에요　是的，是游泳。

② 아니요, 수영을 해요　不，我游泳。

③ 네, 안 좋아해요　是的，不喜歡。

④ 아니요, 안 좋아해요　不，不喜歡。

從這題來看，答案的可能性有兩個。一是「是的，很喜歡」，二是「不，不喜歡（討厭）。」所以，看到네的話，答案則跟問句一樣是좋아해요；看到아니요的話，答案裡則應該有안、- 지 않다等的否定型，或相反意思的싫어하다。因此，正確的答案是④。

練習題 4 （第 18 回第 31 題）

가 : 우산이 있어요?　你有雨傘嗎？

나 : _____ .

① 네, 우산이 없어요　是的，沒有雨傘。

② 아니요, 우산이에요.　不，是雨傘。

③ 네, 우산이 아니에요　是的，不是雨傘。

④ 아니요, 우산이 없어요　不，我沒有雨傘。

從這題來看，答案的可能性有兩個。一是「是的，有雨傘」，二是「不，我沒有雨傘。」所以，看到네的話，答案則跟問句一樣是있어요；看到아니요的話，答案則是없어요（있어요的相反詞是없어요，不能用안 있어요或못 있어요）。因此，正確的答案是④。

練習題 5 （第 20 回第 31 題）

가：의자예요? 這是椅子嗎？

나：_____.

① 네, 의자가 있어요 是的，有椅子。

② 아니요, 의자예요 不，這是椅子。

③ 네, 의자가 없어요 是的，沒有有椅子。

④ 아니요, 의자가 아니에요 不，不是椅子。

> 從這題來看，答案的可能性有兩個。一是「是的，這是椅子」，二是「不，這不是椅子。」所以，看到네的話，答案則跟問句一樣是의자예요；看到아니요的話，答案則是의자가 아니에요。因此，正確的答案是④。

題型 [33 ～ 34]

　　這類題型的重點是，先掌握題目裡的「疑問詞」，並且快點選出能和疑問詞相對應的答案。如果看到언제（什麼時候）或무슨 요일（星期幾）的話，就找時間詞或월，화，수，목，금，토，일（星期一～日）；看到누가或누구（誰）就找人名或稱呼；看到어디（哪裡）就找커피숍（咖啡廳）、학교（學校）等場地名詞。

練習題 1

가：_____?

나：커피숍에 갑시다. 我們去咖啡廳吧。

① 언제 갈까요 什麼時候要去？　　② 커피를 마실까요 要喝咖啡嗎？

③ 어디에 갈까요 我們要去哪裡？　　④ 몇 시에 갈까요 要幾點去？

> 看到커피숍就知道這題要問的是「哪裡」。因此，正確的答案是③。

練習題 2 (第 22 回第 33 題) ─────────────────

가 : 누가 전화를 했어요 ?　是誰打了電話？

나 : _____ .

① 어제 했어요　昨天打了。　　　② 언니가 했어요　是姐姐打的。

③ 두 번 봤어요　看了兩遍。　　　④ 전화가 왔어요　電話來了。

> 看到누가就知道這題要問的是「人名或稱呼」。因此，正確的答案是②。

練習題 3 (第 22 回第 34 題) ─────────────────

가 : _____ ?

나 : 금요일에 가요 .　星期五去。

① 언제 가요　什麼時候去？　　　② 어떻게 가요　怎麼去？

③ 어디에 가요　去哪裡？　　　　④ 누구하고 가요　跟誰去？

> 看到금요일就知道這題要問的是「什麼時候或星期幾」。因此，正確的答案是①。

練習題 4 (第 20 回第 33 題) ─────────────────

가 : 어디에 살아요 ?　你住在哪裡？

나 : _____

① 서울에 와요　我來首爾。　　　② 서울에 살아요　我住在首爾。

③ 서울에 올게요　我會來首爾。　④ 서울에 살겠어요　我要住在首爾。

> 看到어디跟살아요就知道這題要問的是「場地名詞」。因為只問「你住在哪裡？」所以只要回答「我住在哪裡。」不需要多回答「V（으）ㄹ게요」、「-겠-」等表達意志的語尾。因此，正確的答案是②。

練習題 5 （第 16 回第 34 題）

가 : ＿＿＿＿＿＿＿？

나 : 옷을 만들어요. 我在做衣服。

① 뭐 만들어요 你做（製作）什麼？　　② 언제 만들어요 什麼時候做？

③ 누가 만들어요 誰要做？　　④ 어디에서 만들어요 在哪裡做？

> 看到②언제就知道需要的是내일（明天）、16 일（16 號）等時間名詞，看到③ 누가就知道需要的是人名或稱呼，看到④어디就知道需要的是학교、커피숍、도서관……等場地名詞。所以正確的答案是①。

題型 [35、42 ～ 43]

35 題是選擇題，42 ～ 43 題是填空題。

首先，仔細看題目的「時態」，就可以判別出「不是答案」的選項了。比如，句子裡面已經有過去型 V/A 았/었/했-，答案就不會出現現在型 V/A 아/어/해요，或 V（으）ㄹ 거예요 /V（으）려고 해요……等未來型。

其次，還要注意疑問詞跟語助詞。句子裡有언제（什麼時候）、누구/누가（誰）、어디（哪裡）、어떻다（怎麼樣）、~ 지요？（〜吧？）、무엇/뭐/무슨（什麼）等，就趕快找時間詞、人名或稱呼、場地名詞、形容詞、네或아니요。最後，請多注意「否定詞」，當發現아니요、아니에요、안、못、V/A 지 않다、V 지 못하다……等，答案就會出現和問句相反的內容。

練習題 1 （第 20 回第 35 題）

가 : 언제부터 한국어를 배웠어요？ 你從什麼時候開始學韓語？

나 : ＿＿＿＿＿＿＿

가 : 그래서 한국어를 잘하는군요！ 所以你的韓語才這麼棒啊！

① 얼마 안 됐어요.　沒多久。

② 공부한 지 2 년 됐어요.　我學了 2 年了。

③ 2 년 정도 공부하려고 해요.　我打算學 2 年。

④ 학교에서 배우는 게 좋아요.　在學校學比較好。

看到疑問詞언제부터，就知道要找的是時間詞。所以正確的答案候補是②、③。然後，再看배웠어요，這是過去型，所以答案絕對不會出現像 -(으)려고 해요(打算)這類未來型的答案。因此，正確的答案是②。

練習題 2

가 : 이 고양이가 귀엽지요?　這隻貓很可愛吧？

나 : ＿＿＿＿＿＿

① 고양이도 귀여워요.　貓也很可愛。

② 네, 정말 귀여워요.　嗯，真的很可愛。

③ 이 고양이를 샀어요.　我買了這隻貓。

④ 우리 고양이예요.　是我們的貓。

看到귀엽지요的語助詞지요(~吧?)，就知道答案一定要「同意問句」或「不同意問句」。所以陳述語不會有任何變化，只要找出有네或아니요的句子就好。因此，正確的答案是②。

練習題 3 (第 22 回第 35 題)

가 : 음식이 정말 맛있어요.　菜真的很好吃。

나 : ＿＿＿＿＿＿

가 : 아니에요, 너무 배불러요.　不用了，我太飽了。

① 더 드세요.　請多吃點。　　　　② 저도 맛있어요.　我也覺得很好吃。

③ 다음에 먹어요. 下次再吃吧。　　　④ 제가 만들었어요. 是我做的。

看到아니에요就知道前面的句子是아니에요這句的否定（相反、拒絕等）。因為아니에요後面接有배불러요，所以能猜出前面的內容可能是「多吃一點」或「多喝一點」。因此，正確的答案是①。

練習題 ④ （第 27 回第 42 題）

가：어제 뭘 샀어요? 你昨天買什麼了？

나：명동에서 （　　　　　）. 我在明洞（　　　　）。

가：어떤 시계예요? 是怎樣的錶？

看到뭘 샀어요?就要把握到，這題要問的是「買什麼」，再看到어떤 시계（怎樣的錶）就知道不需要仔細形容買什麼樣的錶，只要單純回答「買了錶」就好。

這題要特別注意的是어제(昨天)、샀어요(過去型，買了)，這兩個時態詞，所以空格要填上시계를 샀어요(過去型／非格式體)，或시계를 샀습니다(過去型／格式體)。

練習題 ⑤ （第 24 回第 42 題）

가：이번 방학에 뭐 할 거예요? 這次放假你要做什麼？

나：（　　　　　）.

가：그래요? 저도 제주도에 가고 싶어요. 是喔！我也很想去濟州島。

這題的疑問詞是뭐，動詞是할 거예요，所以題目要問的是「要做什麼」。可是最後一句裡面有很重要的一個字도(也)，由此可知填空的內容必須和最後一句的內容相同，都是「去濟州島」。

問句的文法是V-(으)ㄹ 거예요?，所以要用的句型是V-(으)려고 하다、V-(으)ㄹ 거예요或者是跟最後一句一樣的V-고 싶다也可以。因此，正確的答案是「제주도에 가려고 해요、제주도에 갈 거예요或제주도에 가고 싶어요。」

練習題 6 （第 25 回第 42 題）

가 : 어제 뭐 했어요?　你昨天做了什麼?

나 : 공원에서　（　　　　　）.　我在公園（　　　　　）。

가 : 뭘 그렸어요?　畫了什麼?

> 這題的疑問詞是뭐，動詞是했어요（過去型），所以題目要問「做了什麼?」可是最後一句뭘 그렸어요?（過去型，畫了什麼），意指話者想再問仔細一點，所以填空的內容不要陳述得太詳細，只要單純說「畫了畫」就好。
>
> 問句的文法是 V- 았 / 었 / 했 -?（過去型），最後一句也是 V- 았 / 었 / 했 -?（過去型），所以要填空的句型應該也是 V- 았 / 었 / 했 -（過去型）才對。因此，正確的答案是「그림을 그렸어요或그림을 그렸습니다」但是，要注意的是不能單獨寫 그렸습니다，因為그림을 그리다是離合詞，若是在沒有受詞的情況下單使用動詞，那麼句子的意思就會變得不完整。

離合詞

在沒有受詞的情況下單使用動詞，則無法完整表達句子原意的詞彙。

下列動詞和形容詞皆不能單獨使用。

例 노래 (를) 부르다 唱歌

　 그림 (을) 그리다 畫畫

　 춤 (을) 추다 跳舞

　 배 (가) 고프다 肚子餓

　 배 (가) 부르다 肚子飽

練習題 7 （第 25 回第 43 題）

가 : 내일 같이 영화 봅시다.　我們明天一起看電影吧。

나 : 좋아요. （　　　　）?　好啊，（　　　　）?

가 : 한국 영화를 봐요.　我們看韓國電影吧。

問題的內容如下：가建議「내일 같이 영화 봅시다（明天我們一起看電影吧）」，나也欣然同意地說「좋아요（好啊）」，之後又提一個問句，가的回答是「한국 영화를 봐요（我們看韓國電影吧）」因此，括號裡面需要的內容應該是「我們要看什麼電影」。

我們學習文法的時候學過這個固定搭配，問句是 V-（으）ㄹ 까요?（你要跟我一起 V 嗎?）的話，回答句一定是這三個的其中之一才對：

・V-（으）ㅂ시다（格式體）
・V-아 / 어 / 해요（非格式體）
・V-자（半語）

既然가的回答是「한국 영화를 봐요（非格式體）」，那麼正確的答案就是「무슨 영화를 볼까요」。

❶ 가 : _____ ?

　　나 : 머리가 아프고 기침을 좀 해요 .

　　　① 누가 오셨어요　　　　　　② 언제 오셨어요

　　　③ 어떻게 오셨어요　　　　　④ 누구하고 오셨어요

❷ 가 : 음식이 다 맛있어요 .

　　나 : _____ .

　　가 : 아니요 , 너무 배불러요 .

　　　① 고맙습니다　　　　　　　② 저도요

　　　③ 다음에 같이 먹어요　　　④ 그래요 ? 좀 더 드세요

❸ 가 : 언제부터 한국어를 배웠어요 ?

　　나 : _____ .

　　　① 집에서 배웠어요　　　　　② 학교에서 배워요

　　　③ 아침 9 시에 배워요　　　④ 작년부터 배우기 시작했어요

❹ 가 : _____ ?

　　나 : 저는 학생이에요 .

　　　① 무슨 일을 해요　　　　　② 언제 일을 해요

　　　③ 누구하고 일을 해요　　　④ 어디에서 일을 해요

01

5 가 : 쇼핑을 좋아해요 ?

나 : _____ .

가 : 저도 쇼핑을 좋아해요 .

① 네 , 안 좋아해요   ② 네 , 좋아해요

③ 아니요 , 자주 쇼핑해요   ④ 아니요 , 쇼핑을 싫어해요

6 가 : 주말에 영화를 봤어요 .

나 : (   ) ?

가 : 서울극장에서 봤어요 .

7 가 : 선영 씨 , 어제 학교에 왜 안 왔어요 ?

나 : (   )

가 : 지금은 좀 괜찮아요 ?

8 가 : 어제 공휴일이었는데 , 뭐 했어요 ?

나 : 올림픽공원에 가서 (   )

가 : 뭘 찍었어요 ?

9 가 : 우리 주말에 같이 영화 보러 갈까요 ?

나 : 좋아요 . (   ) ?

가 : 저는 로맨틱 코미디 영화를 좋아해요 .

10 가 : 휴대전화가 없어졌어요 .

나 : (   ) ?

가 : 어제 저녁에 없어진 것 같아요 .

DAY **02**

連接句子

學習
目標

- [ ] 了解連接詞的意義
- [ ] 學習使用正確的連接詞
- [ ] 將兩個句子連接起來

題型 [36 ～ 37]

　　這類題型會給兩個句子，只要把這兩個句子用連接詞自然地連接就好。因此要特別注意的是連接詞的用法，這樣才能正確把握問題要求的是哪個連接詞。

練習題 ①

수업이 끝납니다 . 연락하겠습니다 .

① 수업이 끝나면서 연락하겠습니다 .

② 수업이 끝나고 연락하겠습니다 .

③ 수업이 끝나거나 연락하겠습니다 .

④ 수업이 끝나도록 연락하겠습니다 .

> 前面句子是「下課」的意思，後面句子是「要聯絡」的意思，因此「我下課之後聯絡你」這樣最自然。所以正確的答案是「수업이 끝나고 연락하겠습니다。」
>
> 其他選項的意思如下：
> ① 我來一邊下課一邊聯絡你。
> ③ 下課或聯絡你。
> ④ 為了下課，而聯絡你。
> 因此，正確的答案是②。

TIPS

① 同時進行：V-（으）면서　一邊 V1 一邊 V2
　밥을 먹으면서 텔레비전을 봤습니다 .　一邊吃飯，一邊看電視。

② 並列：V/A- 고　還有、然後、之後
　오늘은 날씨가 좋고 따뜻합니다 .　今天的天氣很好且溫暖。
　나는 오늘 시장에 가서 구두를 사고 친구를 만났습니다 .　我今天去市場買鞋子，然後和朋友見面。

③ 努力：V/A- 도록 V- 겠　為了 V/A，要努力做 V
　성적이 오를 수 있도록 더 열심히 공부하겠습니다 .　我會更認真唸書讓成績進步。

DAY 01

DAY

02

DAY 03

DAY 04

DAY 05

DAY 06

DAY 07

練習題 2 (第 21 回範例)

청소를 합니다 . 깨끗합니다 .

① 청소를 해서 깨끗합니다 .

② 청소를 하러 깨끗합니다 .

③ 청소를 하지만 깨끗합니다 .

④ 청소를 하거나 깨끗합니다 .

前面句子是「打掃」的意思，後面句子是「很乾淨」的意思，因此「因為我打掃了，所以很乾淨」這樣最自然。所以正確的答案是「청소를 해서 깨끗합니다」。

其他選項的意思如下：
② 為了打掃而很乾淨。
③ 我在打掃但是很乾淨。
④ 打掃或乾淨。
因此，正確的答案是①。

TIPS

① 原因：V/A- 아 / 어 / 해서 因為 V/A 而～
저는 수박을 좋아해서 매일 먹어요 . 因為我喜歡吃西瓜，所以每天都吃。

② 目的：V（-으）러 가다 / 오다 / 떠나다 為了 V 而去（＝去 V）、為了 V 而來（＝來 V）、為了 V 而出發 / 離開
저는 지금 밥을 먹으러 식당에 갑니다 . 我現在要去餐廳吃飯。
제 친구를 만나러 한국에 왔어요 . 我來韓國見朋友。

③ 對照：V/A- 지만 但是
한국의 겨울은 춥지만 습하지 않아요 . 韓國的冬天很冷但是不溼。

④ 選擇：V/A- 거나、N（이）거나 或
영화를 보거나 연극을 봅시다 . 看電影或看舞台劇。
저 사람은 선생님이거나 의사일 것입니다 . 那個人應該是老師或醫生。
일요일에 친구를 만나거나 쇼핑을 해요 . 星期天和朋友見面或購物。

練習題 3 (第 21 回第 36 題)

노래를 잘 부릅니다. 춤도 잘 춥니다.

① 노래를 잘 부르러 춤도 잘 춥니다.

② 노래를 잘 부르고 춤도 잘 춥니다.

③ 노래를 잘 부르지만 춤도 잘 춥니다.

④ 노래를 잘 부르니까 춤도 잘 춥니다.

前面句子是「我很會唱歌」的意思，後面句子是「我也很會跳舞」的意思，因此「我很會唱歌又很會跳舞」這樣最自然。所以正確的答案是「노래를 잘 부르고 춤도 잘 춥니다」。

其他選項的意思如下：

① 我為了好好唱歌，我也很會跳舞。

③ 我很會唱歌，但是我也很會跳舞。

④ 因為我很會唱歌，所以我也很會跳舞。

因此，正確的答案是②。

TIPS

① 目的：V（-으）러 가다/오다/떠나다　為了 V 去（＝去 V）、為了 V 來（＝來 V）、為了 V 出發/離開

시험 공부를 하러 도서관에 갑니다.　我去圖書館唸考試的東西。

② 並列：V/A- 고　還有、然後、之後

우리는 파티에서 음악을 듣고 춤을 췄습니다.　我們在派對上聽音樂還有跳舞。

③ 對照：V/A- 지만　但是、可是

친구는 어제 미국에 갔지만 나는 가지 않았습니다.　朋友昨天去了美國，但是我沒去。

④ 原因（後面需要「建議」或「猜測」）：V/A-（으）니까

길이 복잡하니까 지하철을 탑시다.　路上很塞，搭地鐵好了。

열심히 했으니까 좋은 결과 있을 거예요.　認真做了，應該會有好結果。

공부를 열심히 했습니다 . 시험을 잘 못 봤습니다 .

① 공부를 열심히 하면 시험을 잘 못 봤습니다 .

② 공부를 열심히 하려고 시험을 잘 못 봤습니다 .

③ 공부를 열심히 했는데 시험을 잘 못 봤습니다 .

④ 공부를 열심히 했으니까 시험을 잘 못 봤습니다 .

前面句子是「我很認真學習了」的意思，後面句子是「考試考得不太好」的意思，因此『我很認真學習了，但是考得不好』這樣最自然。 所以正確的答案是「공부를 열심히 했는데 시험을 잘 못 봤습니다」。
其他選項的意思如下：
① 如果我很認真學習的話，就會考得不太好。
② 為了很認真學習，我考得不太好。
④ 因為我很認真學習，所以考得不太好了。
因此，正確的答案是③ 。

TIPS

① 假設：V/A-（으）면 如果 V/A 的話
運動을 열심히 하면 건강해집니다 . 如果努力運動，就會變健康。

② 意圖：V-（으）려고 （하다） 打算
저는 내일 한국에 여행을 가려고 해요 . 我明天打算去韓國旅行。

③ 對照：V- 는데、A （으）ㄴ데（現在形），V/A- 았 / 었 / 했는데（過去形） 但是、可是
어제는 날씨가 좋았는데 오늘은 비가 오네요 . 昨天天氣很好，今天卻下雨呢…
너무 배고픈데 시간이 없어서 밥을 못 먹었어요 . 肚子很餓，可是因為沒時間所以沒吃飯。

④ 原因與結果：V/A-（으）니까（現在形），V/A 았 / 었 / 했으니까（過去形）因為，所以
시간이 없으니까 서두릅시다 . 因為沒時間，加緊腳步吧。
최선을 다했으니까 후회하지 않아요 . 我已經盡力了，所以不後悔。

練習題 5

라디오를 듣습니다 . 공부를 합니다 .

① 라디오를 듣는데 공부를 합니다 .

② 라디오를 들으면서 공부를 합니다 .

③ 라디오를 들으려고 공부를 합니다 .

④ 라디오를 들어서 공부를 합니다 .

前面句子是「我在聽廣播」的意思，後面句子是「我在學習」的意思，因此『我一邊聽廣播一邊學習』這樣最自然。所以正確的答案是「라디오를 들으면서 공부를 합니다」。
其他選項的意思如下：
① 我在聽廣播，但是我在學習。
③ 為了聽廣播，而認真學習。
④ 因為我聽廣播，所以我在學習。
因此，正確的答案是②。

TIPS

① 背景，附屬的內容：V 는데、A（으）ㄴ데、N 인데
저는 대만 사람인데 한국어를 공부해요 . 我是台灣人，我學韓語。
비가 오는데 택시를 탈까요 ? 在下雨，要搭計程車嗎？

② 同時進行：V-（으）면서 一邊 V1 一邊 V2
영화를 보면서 팝콘을 먹어요 . 一邊看電影一邊吃爆米花。

③ 目的：V-（으）려고 因為要 V1，而做 V2
저는 내년 여름에 유럽 여행을 가려고 아르바이트를 합니다 .
我為了明年夏天要去歐洲旅行而打工。

④ 連續發生的事情：V- 아 / 어 / 해서 V1, V2
나는 시장에 가서 구두를 샀다 . 我去市場買皮鞋。

其他連接詞 ≫

① 一定要成就的目的，絕對要遵守的規範：V/A- 아 / 어 / 해야

> 例 가는 말이 고와요 . 오는 말이 고와요 .　說好話。聽好話。
> → 가는 말이 고와야 오는 말이 고와요 .　說好話才會聽到好話。

② 再加上，而且：V/A- (으) ㄹ뿐만 아니라、- (으) ㄹ 뿐더러

> 例 내 친구는 얼굴이 예뻐요 . 성격도 좋아요 .　我朋友長得漂亮。個性也很好。
> → 내 친구는 얼굴이 예쁠 뿐만 아니라 , 성격도 좋다 .
> 我的朋友不僅長得漂亮，個性也很好。
>
> 내 친구는 공부를 잘 해요 . 운동도 잘 해요 .　我的朋友很會唸書。也很會運動。
> → 내 친구는 공부를 잘 할 뿐더러 , 운동도 잘 해요 .
> 我的朋友不僅很會唸書，也很會運動。

③ 逐漸，愈 A 愈 B：V/A- (으) ㄹ 수록

> 例 가방이 좋아요 . 비싸요 .　包包很好。很貴。
> → 가방은 좋을 수록 비싸요 .　包包愈好愈貴。

④ 假設，條件： V/A- (으) 면、V/A- 거든、V/A- 더라도

> 例 봄이 되어요 . 따뜻해져요 .　到了春天。變溫暖。
> → 봄이 되면 따뜻해집니다 .　到了春天，就會變溫暖。
>
> 비가 옵니다 . 우산을 가지고 가세요 .　在下雨。請帶上雨傘吧。
> → 비가 오거든 우산을 가지고 가세요 .　可能會下雨，請帶上雨傘吧。
>
> 시험을 잘 못 봐요 . 실망하지 않을게요 .　考不好。不會失望。
> → 시험을 잘 못 보더라도 실망하지 않을게요 .　就算考不好也不會失望。

Day 2 綜合測驗

1 시험 공부를 합니다. 도서관에 갑니다.

　① 시험공부를 하러 도서관에 갑니다.

　② 시험공부를 해서 도서관에 갑니다.

　③ 시험공부를 하는데 도서관에 갑니다.

　④ 시험공부를 하지만 도서관에 갑니다.

2 여행을 갑니다. 일찍 일어났습니다.

　① 여행을 가려고 일찍 일어났습니다.

　② 여행을 가지만 일찍 일어났습니다.

　③ 여행을 가는데 일찍 일어났습니다.

　④ 여행을 하면서 일찍 일어났습니다.

3 화장실에 가고 싶습니다. 화장실을 찾고 있습니다.

　① 화장실에 가고 싶지만 화장실을 찾고 있습니다.

　② 화장실에 가고 싶어서 화장실을 찾고 있습니다.

　③ 화장실에 가니까 화장실을 찾고 있습니다.

　④ 화장실에 가거나 화장실을 찾고 있습니다.

4 백화점에 갑니다. 구두를 삽니다.

　① 백화점에 가니까 구두를 삽니다.

　② 백화점에 가서 구두를 삽니다.

　③ 백화점에 가려고 구두를 삽니다.

　④ 백화점에 가면서 구두를 삽니다.

5 오후에 친구를 만납니다. 같이 산책을 갑니다.

① 오후에 친구를 만나니까 같이 산책을 갑니다.

② 오후에 친구를 만나서 같이 산책을 갑니다.

③ 오후에 친구를 만나면 같이 산책을 갑니다.

④ 오후에 친구를 만나러 같이 산책을 갑니다.

6 비가 왔습니다. 여행을 갔습니다.

① 비가 오니까 여행을 갔습니다.

② 비가 오러 여행을 갔습니다.

③ 비가 왔지만 여행을 갔습니다.

④ 비가 오려고 여행을 갔습니다.

7 가격이 쌉니다. 품질도 좋습니다.

① 가격이 싸니까 품질도 좋습니다.

② 가격이 싸려고 품질도 좋습니다.

③ 가격이 싸기 때문에 품질도 좋습니다.

④ 가격이 싸고 품질도 좋습니다.

8 시간이 없습니다. 빨리 갑시다.

① 시간이 없어서 빨리 갑시다.

② 시간이 없고 빨리 갑시다.

③ 시간이 없지만 빨리 갑시다.

④ 시간이 없으니까 빨리 갑시다.

02

9 책을 삽니다. 서점에 갑니다.

　　① 책을 사서 서점에 갑니다.

　　② 책을 사고 서점에 갑니다.

　　③ 책을 사러 서점에 갑니다.

　　④ 책을 사면 서점에 갑니다.

10 바쁩니다. 매일 운동을 합니다.

　　① 바쁘지만 매일 운동을 합니다.

　　② 바쁘거나 매일 운동을 합니다.

　　③ 바쁘려고 매일 운동을 합니다.

　　④ 바쁘니까 매일 운동을 합니다.

DAY 03

談話填空

學習目標

- [ ] 看短文掌握內容
- [ ] 從短文中抓出關鍵字
- [ ] 學習初級常用句型

題型 [38]

⊕ 在解決第 38 題的時候，第一個特別要注意的是，前後句子的時態。正確把握時態詞，就可以判別出正確的選項。

⊕ 再來要注意括號前後句子的內容。

接下來就透過練習題，適應一下解決這類題型的解題方式吧！

練習題 1（第 21 回第 38 題）

운동화는 손으로 빠는 것이 힘듭니다. 그런데 얼마 전 우리 동네에 운동화를 세탁해 주는 빨래방이 생겼습니다. 앞으로 운동화 빨래가 （　　　　　　）.

① 많아야 합니다　　　　　　② 생길지도 모릅니다

③ 편해질 것 같습니다　　　　④ 걱정되기 때문입니다

看到앞으로(以後、將來)，就可以猜測括號裡面需要的是「未來型」，因此④不是正確的答案，而①、②、③則都有未來的意思。

接著看每個句子最前面幾個字和最後面幾個字。因為韓文句子的重點通常都在最後面，所以要注意看的是운동화(運動鞋)、힘듭니다(累)、그런데 얼마 전(但是不久之前)、빨래방이 생겼습니다(有了投幣洗衣店) 這四個地方，這樣就能判斷出正確的答案是③。

①～④ 的意思是：① 要多一點 ② 會有(可能會有) ③ 好像會變方便 ④ 因為我很擔心

用手洗運動鞋很累，可是不久前我們社區開了一間洗運動鞋的洗衣店。以後洗運動鞋（好像會變方便）。

練習題 2（第 22 回第 38 題）

나는 꽃을 기르는 것을 좋아합니다. 그래서 아침에 일어나면 제일 먼저 꽃에 물을 줍니다. 꽃이 피는 것을 보면 （　　　　　　） 때문입니다.

① 일이 위험하기　　　　　② 마음이 편해지기

③ 많이 비슷하기　　　　　④ 아주 깨끗해지기

看到때문입니다（表原因）就知道括號裡面需要的是「理由」，所以這題先不要管時態，直接看前後句子的內容。要注意看的是나는 꽃을（我）、좋아 합니다（很喜歡花）、그래서（所以）、꽃에 물을 줍니다（給花澆水）這四個地方，這樣就能判斷出正確的答案是②。

① ～④ 的意思是：① 工作很危險 ② 心裡很舒服 ③ 很相似 ④ 非常乾淨

 題目翻譯 我喜歡種花，所以早上醒來最先做的事就是澆花。因為看到開花（心裡很舒服）。

練習題 3（第 13 回第 38 題）

저는 방학에 （　　　　　）. 부모님도 만나고 고향 음식도 먹을 것입니다.

① 고향에 갔습니다　　　　② 고향에 가려고 합니다

③ 고향에서 올 것입니다　　④ 고향에서 부모님을 만났습니다

看到먹을 것입니다（要吃）就知道括號裡面不能有「過去型」，所以不能選①跟④。再來要看後面句子的부모님도 만나（我也要跟爸媽見面）、（으）ㄹ 것입니다（我要）這二個地方。這樣就能判斷出正確的答案是有「未來型」的②或③。但是因為③的意思不對，無法當正確的答案。

① ～④ 的意思是：① 回故鄉了 ② 打算回故鄉 ③ 要從故鄉回來 ④ 在故鄉跟爸媽見了面。

 題目翻譯 我放假時（打算回故鄉）。和爸媽見面，也吃故鄉的食物。

練習題 4 （第 28 回第 38 題）

　여러분은 안 좋은 일이 있으면 어떻게 합니까? 그 일을 잊어버리지 못하고 계속 생각합니까? 안 좋은 일은 빨리 （　　　　　）. 그 일을 계속 생각하면 그 다음에 할 일도 잘할 수 없기 때문입니다.

　　① 잊어버려야 합니다　　　　　② 생각하면 안 좋습니다

　　③ 잊어버릴 수 있습니다　　　　④ 생각한 적이 없습니다

通常句子裡出現기 때문입니다這類表「原因」的句型，前面需要的句型有兩種：

（一）　V- 아 / 어 / 해야 하다（一定要 V）、V- 아 / 어 / 해야 되다 （不 V 不行）等「必需要如何」的句型。

（二）　V- (으) 면 좋다（如果 V 就很好）、V- (으) 면 안 좋다 （좋지 않다）（如果 V 就不好）等「結果型的句子」。

因此，比較有可能的選項是①、②。加上，前面也有어떻게 합니까（要怎麼辦?），就能知道括號裡面要填的內容是「得怎麼做」。因此，正確的答案是①。

①～④的意思是：① 要忘記 ② 想就不好了 ③ 可能會忘記 ④ 沒想過

 題目翻譯　大家發生不好的事情會怎麼樣呢？對那件事無法忘懷，一直去想它嗎？不好的事情（要）快點（忘記），因為一直想那件事，就無法做好之後要做的事。

저는 내년에 외국으로 유학을 갑니다 . 외국에 가는 것이 처음입니다 . 지금까지

(　　　　　　　) 모르는 것이 많습니다 . 같이 유학 갈 친구와 천천히 준비를 할

겁니다 .

① 유학을 가기 때문에　　　　　② 유학을 갈 수 없거나

③ 외국에 가는 것으로　　　　　④ 외국에 간 적이 없어서

這段內容的關鍵詞是처음（第一次），接著看有括號的那句最後幾個字：모르는 것이 많습니다（有很多不懂的事），所以括號裡需要的內容跟「처음（第一次）」有關係；而且後面已經有천천히 준비（要慢慢準備）的內容，所以填空答案的第一條件是表「原因」的句型。因此正確答案的可能性是①或④。其次，再看括號前面的「지금까지（目前為止）」，由此可判斷答案不是①；而因為지금까지 V-（으）ㄴ 적이 없다（從來沒有 V 過）是固定搭配，無法改變的句型，因此正確的答案是④。

① ～④的意思是：① 因為去留學 ② 不能去留學或者是 ③ 用去外國的方式來 ④ 沒去過國外。

 我明年要去國外留學，我第一次出國。目前為止（沒去過國外），所以有很多不懂的地方。我會和一起去留學的朋友慢慢準備。

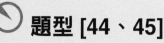
題型 [44、45]

⊕ 要特別注意的是，前面、後面句子的時態，這樣才不會寫錯時態。

⊕ 再來要注意的是，括號前後句子的句型。比如，括號後面有때문입니다
（因為）的話，括號裡則需要 N（이）기或 V/A- 기。另外，因為 N（이）기
때문이다、V/A- 기 때문이다是不變的固定搭配，所以平常學習文法的時候
，要養成把整個句型都背起來的習慣。

練習題 1 （第 28 回第 44 題）

　저는 책을 많이 읽습니다. 낮에는 할 일이 많아서 책을 많이 읽기가
어렵습니다. 그러나 밤에는 조용하고 시간도 많아서 책을 읽기 좋습니다. 그래서
저는 낮에 책을 （　　　　　　） 밤에 책을 읽는 것을 더 좋아합니다.

你看到더(多 A 一點)這一個字就一定要想到這兩個句型：

（一）N1 이 / 가 N2 보다 더 V/A（N1 比 N2 還 V/A）
（二）N 이 / 가 더 A （N 比較 A）

再來，더後面有動詞，所以這裡需要的文法是第一個。加上，也有낮(白天)跟밤(晚上)，
就能知道需要「比較、對照」的內容。因此，正確的答案是「읽는 것보다」或「보는
것보다」。

 題目翻譯 我看很多書。白天因為要做的事很多，所以很難看很多書。但是晚上安靜，時間也多，適合看書。所以（比起）白天（看書），我更喜歡晚上看書。

練習題 2 （第 27 回第 44 題）

　요즘 매일 학교에 가는 버스에서 한 여학생을 만납니다. 그 여학생은 머리가 길고 눈이 크고 예쁩니다. 아침마다 그 여학생을 만날 생각에 행복합니다. 오늘도 그 여학생을 또 （　　　　　） 같아서 기분이 좋습니다.

看到같아서（好像～似的），就一定要想到這三個句型：

(一) 猜測的未來型
V/A-(으)ㄹ 것 같다
N 일 것 같다。

(二) 猜測的過去型
V-(으)ㄴ 것 같다
A-았 / 었 / 했던 것 같다
N 이었 / 였던 것 같다。

(三) 猜測的現在型
V-는 것 같다
A-(으)ㄴ 것 같다
N 인 것 같다。

再來，看這些內容：아침마다 그 여학생을 만날 생각에 행복합니다（因為每天早上很期待見到那個女學生，就很幸福），오늘도（今天也），또（又，再），기분이 좋습니다（心情很開心），就能知道這裡需要的內容是「今天也好像能遇到她」（心情就很開心）。因為，「每天期待能不能遇到她」，這是習慣性的，千萬不能用過去型。所以第二個句型就不對。另外，他要說的是「今天」還沒發生的事情，並不是「現在」正在發生的事情，所以不能用現在型。因此，正確的答案是「만날 것或만날 수 있을 것、볼 수 있을 것、볼 것。」

 題目翻譯 最近我每天都會在上學的公車上遇到一個女學生，那個女學生長頭髮、大眼睛，很漂亮。每天早上只要想到會遇到那個女學生就覺得很幸福，今天好像又（會見到／遇到）那個女學生，感覺心情很好。

練習題 3 （第 28 回第 45 題）

여러분은 거울이 깨끗하지 않을 때 어떻게 하십니까? 보통 수건으로 거울을 닦습니다. 그렇지만 쉽게 깨끗해지지 않지요? 거울을 （ ） 신문을 이용하면 좋습니다. 신문을 공처럼 만든 후에 그것으로 닦으십시오. 거울이 깨끗해질 겁니다.

> 這篇文章的主要內容是擦鏡子的時候，要用哪些工具比較好。前面內容說「通常用毛巾來擦鏡子，但是很不容易變乾淨」。括號後面說신문을 이용하면 좋습니다（用報紙很好）、그것으로 닦으십시오（用它擦），這兩個內容。因此，正確的答案是「닦을 때或닦을 때는」。

> **題目翻譯** 鏡子變髒的時候，大家會怎麼做呢？一般都用抹布擦鏡子，但是不容易擦乾淨對吧？建議（擦）鏡子（的時候）用報紙，把報紙做成球狀，用那個擦，鏡子就會變乾淨了。

練習題 4 （第 27 回第 45 題）

우리 회사에서는 커피를 마실 때 보통 종이컵을 사용합니다. 종이컵을 사용하면 편리합니다. 그러나 돈도 많이 들고 쓰레기가 너무 많아집니다. 그래서 내일부터는 종이컵을 （ ） 했습니다.

> 通常그러나、그렇지만、하지만(但是、可是)的後面內容是重點，所以看到그러나要特別注意後面的內容。
>
> 這篇文章的關鍵詞有 4 個，종이컵（紙杯）、돈（錢）、쓰레기（垃圾）和내일부터는（從明天開始），意思就是用紙杯很方便，但是很花錢，也會製造很多垃圾，所以從明天起「決定、下定決心」不要使用紙杯。而最適合這段內容的句型是「V- 기로 하다」、「V- 기로 결정하다」、「V- 기로 결심하다」等，但是題號後面已經有했습니다，所以要用「V- 기로 하다」。因此，正確的答案是「사용하지 않기로」或「사용 안 하기로」、「적게 사용하기로」。

> **題目翻譯** 我們公司喝咖啡的時候，通常會使用紙杯，使用紙杯很方便。但是也會花很多錢，並且垃圾會變得很多。所以我（決定）從明天起（不要使用）紙杯。

※ ( ) 에 알맞은 것을 고르십시오 .

1 저는 1 년 전에 프랑스로 유학을 갔습니다 . 프랑스에서 프랑스어를 배우고 싶었기 때문입니다 . 그 때까지 ( ) 많이 긴장됐지만 , 친구들의 도움으로 잘 준비할 수 있었습니다 .

　　① 여행을 가기 때문에　　　　② 유학을 가려고 해서

　　③ 유학을 가기로　　　　　　④ 외국에 가 본 적이 없어서

2 한국 사람들이 친구들과 같이 술을 마실 때 , 같은 잔을 계속 쓸 때가 있습니다 . 내가 마신 잔을 친구에게 주고 , 그 잔에 다시 술을 주는 것입니다 . 처음에는 이해하기 힘들었지만 , 한국에서는 이상하지 않은 문화이므로 , 이해하도록 ( ) .

　　① 노력해 보겠습니다　　　　② 노력할 수 있습니다

　　③ 노력합니다　　　　　　　④ 노력한 적이 없습니다

3 저는 아침 운동을 좋아합니다 . 그래서 아침에 일어나면 공원에 가서 달리기를 합니다 . ( ) 기분이 상쾌해집니다 .

　　① 재미있으니까　　　　　　② 아침에 운동을 하면

　　③ 배가 고파서　　　　　　④ 4 마음이 편해서

④ 외국어를 공부할 때는 말하기 연습을 하는 것이 가장 어렵습니다. 읽기와 쓰기는 혼자 공부할 수 있지만, 말하기는 같이 연습할 수 있는 사람이 (   ). 그래서 회화 학원을 다니거나 어학연수를 가기도 합니다.

    ① 필요하기 때문입니다.   ② 사귀어야 합니다.

    ③ 친구입니다.   ④ 없습니다.

※ **다음 글을 읽고 (   ) 에 알맞은 말을 쓰십시오.**

⑤ 나는 음악 듣는 것을 좋아합니다. 그래서 아침에 출근할 때 음악을 들으면서 회사에 갑니다. 출근 길에 음악을 들으면 (   ) 때문입니다.

⑥ 저는 겨울을 가장 좋아합니다. 겨울에는 크리스마스도 있고 눈도 오기 때문입니다. 그리고 스키도 (   ). 이번 겨울에도 친구와 함께 스키를 타러 가고 싶습니다.

⑦ 저는 연극 보는 것을 좋아합니다. 그래서 주말에 보통 대학로에 가서 연극을 봅니다. 연극 공연은 배우들을 직접 볼 수 있어서 좋습니다. 내일도 친구와 함께 연극을 (   ).

⑧ 저는 중국어 공부를 하고 있습니다. 월요일부터 금요일까지 매일 학원에 가서 한 시간씩 배웁니다. 가끔 중국인 친구를 만나 이야기를 나눕니다. 저는 중국어 공부가 (   )

❾ 몇 년 전 등장한 스마트폰은 여러 물건들을 대신하고 있습니다. ( ) 지도, 컴퓨터, 게임기, 카메라 등을 가지고 다니지 않아도 됩니다. 이러한 편리함 때문에 스마트폰 사용자 수가 점점 증가하고 있습니다.

❿ 저는 해외 여행을 갈 때마다 그 나라의 국기를 꼭 삽니다. 국기 모양 스티커, 국기 모양 자석, 국기 모양 뱃지 등은 기념품을 파는 곳에서 쉽게 살 수 있고, 또 ( ).

DAY 04

選出錯誤的句子

- [ ] 培養閱讀能力
- [ ] 判斷句子的正確性
- [ ] 理解連接詞與助詞特性

題型 [39]

　　此題型的設計是由選項組合成一個小短文，然而4個選項中有1個選項內容與其它予盾或衝突，必須把此錯誤選項挑出。所以此題型必須要正確掌握題目的內容，大家要盡量培養閱讀能力跟抓關鍵詞的能力。還有，要特別注意連接詞跟助詞，例如그렇지만、그러나（但是）等連接詞後面的內容一定會和前文相反，若不是相反的內容則是錯誤的句子，也就是這個題型所要的答案。再舉另外一個例子도（也），如果出現도（也），後面的內容一定跟前文有關，所以如果도（也）後面的內容跟前文無關，則是錯誤的句子，也是這題要的答案。

練習題 1 （第25回第39題）

다음 글에서 알맞지 않은 것을 고르십시오.

　　① 학원에서 옷 만드는 방법을 배웠습니다. ② 저는 요즘 친구의 옷을만들고 있습니다. ③ 내일 친구의 옷을 살 겁니다. ④ 친구가 이 옷을 좋아하면 좋겠습니다

①我在補習班學習做衣服的方法。
②我最近在做朋友的衣服。
③明天要買朋友的衣服。
④我希望朋友會喜歡這件衣服。

「만드」、「만들」都是만들다（做），通常用到同一個單字，就代表這兩句有關聯性，所以不是正確的答案。而後又突然冒出了살 겁니다（要買），和만들다（做）無關的動詞，所以③可能是我們要的答案。再來看④的意思，和①、②一起看符合文意，所以正確的答案是③。

練習題 ②（第 24 回第 39 題）

다음 글에서 알맞지 않은 것을 고르십시오.

① 저는 6개월 전에 한국에 왔습니다. ② 처음에는 친구가 없어서 힘들었 는데 지금은 친구가 많아졌습니다. ③ 그래서 고향에 돌아가고 싶습니다. ④ 그리고 처음보다 한국어도 잘해서 생활이 즐겁습니다.

①我六個月之前來到韓國。
②一開始沒有朋友很難過，但是現在朋友變多了。
③所以很想回老家去。
④還有我的韓文比一開始好多了，所以過得很開心。

這裡請注意連接詞。先看그래서（所以）、그리고（還有、然後）等連接詞後面的內容跟前面的內容是否相關。接著看整體內容，① 來到韓國，④在韓國過得很開心，這兩個選項一定有關，前後文也合理，同時也可以判斷出「來韓過得很開心」跟「所以想回去老家去」是相互矛盾的內容，因此，正確的答案是③。

練習題 ③（第 28 回第 39 題）

다음 글에서 알맞지 않은 것을 고르십시오.

① 우리 기숙사에는 여러 나라 사람들이 함께 삽니다. ② 저녁에는 친구들과 여러 나라 음식도 먹고 공부도 합니다. ③ 저는 기숙사 생활이 정말 즐겁습니다. ④ 저도 기숙사에서 고향 친구들과 함께 삽니다.

①我們宿舍有很多不同國家的人住在一起。
②晚上我會跟朋友們吃很多國家的菜，也會一起讀書。
③我的宿舍生活真開心。
④我也和同鄉的朋友們一起住在宿舍。

這裡請注意도（也），通常有도（也），後面的內容一定要跟前面的內容相同才對，但是前面三句都說「我和很多國家的朋友們一起住在宿舍很開心」，最後卻突然冒出「我也和同鄉的朋友們一起住在宿舍」，和前文完全無關，因此正確的答案是④。

練習題 4 （第 27 回第 39 題）

다음 글에서 알맞지 않은 것을 고르십시오.

① 지난주 일요일에 가족과 등산을 했습니다. ② 산에서 운동을 한 후에 이야기도 많이 했습니다. ③ 가족들과 바다 여행을 해서 즐거웠습니다. ④이번 주에도 가족하고 좋은 시간을 보내려고 합니다.

①上個星期天我跟家人一起去爬山。
②我們在山上運動之後聊了很多天。
③我跟家人一起到海邊旅遊，所以很開心。
④這星期也要和家人一起度過美好的時光。

등산(爬山)、산(山)都和「山」有關，所以猜得出來這兩句有關聯性。通常바다(大海)和山是相反的概念，因此答案比較有可能是③。接下來，因為①、②都在說「我跟家人一起去爬山，在山上運動之後聊天」等跟山有關的內容。④則是文章很典型的最後一句，為前文作一個結論：「這星期也要跟家人一起度過美好的時間」。因此正確的答案是③。

練習題 5 （第 20 回第 39 題）

다음 글에서 알맞지 않은 것을 고르십시오.

① 유진 씨, 미안한데 부탁이 하나 있어요. ② 제 책상 위에 편지가 한 통 있어요. ③ 편지를 보내 줘서 정말 고마웠어요. ④ 오늘 우체국에 갈 때 그 편지를 좀 부쳐 주세요.

①宥珍小姐，不好意思我有個請求。
②我的桌上有一封信。
③謝謝你寄信給我。
④你今天去郵局的時候幫我寄一下。

看到부탁(拜託)和 - 아 / 어 / 해 주세요 (請幫我)，就知道這兩句是有關聯的句子。不過仔細一看③也有 - 아 / 어 / 해 줘서(因為你幫我)的句型，看起來似乎也是和拜託有關的句子，再看到고마웠어요(過去型，謝謝你)，就可以判斷出這是對「以前而非現在或未來發生的事情」表示謝意，但是全文皆是還未發生的事情，不可能用過去型。因此，正確的答案是③。

1 다음 글에서 알맞지 않은 것을 고르십시오.

① 오늘 저녁에 학교 친구들과 함께 남대문 시장에 가기로 했습니다. ② 저녁 6시에 학교 앞 버스 정류장에서 만나서 같이 가기로 했습니다. ③ 거기에서 옷도 사고 맛있는 음식도 먹었습니다. ④ 저는 거기에서 동생에게 줄 선물을 살 것입니다.

2 다음 글에서 알맞지 않은 것을 고르십시오.

① 어제 친구와 싸워서 기분이 별로 좋지 않았습니다. ② 저는 기분이 안 좋을 때 음악을 듣습니다. ③ 어제도 음악을 들었습니다. ④ 음악을 들으면 기분이 많이 좋아질 것입니다.

3 다음 글에서 알맞지 않은 것을 고르십시오. (第 29 回考古題)

① 저는 가끔 아침 일찍 영화관에 갑니다. ② 내일도 점심을 먹은 후에 영화관에 갈 것입니다. ③ 아침에는 영화관에 사람이 별로 없어서 좋습니다. ④ 또 영화표도 아침이 더 쌉니다.

4 다음 글에서 알맞지 않은 것을 고르십시오.

① 지난주 일요일에 가족과 경주로 여행을 갔습니다. ② 경주 시내를 구경 한 후에 이야기도 많이 했습니다. ③ 가족들과 여행을 해서 즐거웠습니다. ④ 이번 주에도 친구들하고 좋은 시간을 보내려고 합니다.

韓語檢定初級寫作

❺ 다음 글에서 알맞지 않은 것을 고르십시오.

① 어제 친구와 싸워서 마음이 안 좋았습니다. ② 친구에게 전화를 걸어서 먼저 미안하다고 말했습니다. ③ 친구는 전화를 받지 않았습니다. ④ 친구는 제 사과를 받아 주었습니다.

❻ 다음 글에서 알맞지 않은 것을 고르십시오. (第30回考古題)

① 저는 사진 찍는 것을 좋아합니다. ② 매일 친구 사진도 찍고 맛있는 음식 사진도 찍습니다. ③ 그래서 보통 제 가방에는 카메라가 있습니다. ④ 오늘은 카메라를 살 계획입니다.

❼ 다음 글에서 알맞지 않은 것을 고르십시오.

① 저는 수업이 끝나면 친구하고 같이 시간을 보냅니다. ② 우리는 같이 숙제도 하고 밥도 먹습니다. ③ 그래서 저는 혼자 다닐 때가 많습니다. ④ 오늘도 수업 후에 친구와 같이 도서관에 가기로 했습니다.

❽ 다음 글에서 알맞지 않은 것을 고르십시오.

① 저는 바다를 좋아합니다. ② 시간이 있으면 부산이나 여수에 가서 바다를 봅니다. ③ 바닷가에 가서 바다를 보면 마음이 편안해집니다. ④ 산에는 단풍이 아주 많습니다.

❾ 다음 글에서 알맞지 않은 것을 고르십시오.

① 어제는 날씨가 좋았습니다. ② 그렇지만 저는 우산이 없었습니다. ③ 그래서 기분이 아주 좋았습니다. ④ 소풍을 가고 싶었지만 시간이 없어서 가지 못했습니다.

❿ 다음 글에서 알맞지 않은 것을 고르십시오.

① 서울에서 지하철을 타는 것은 좀 어렵습니다. ② 항상 사람이 많고, 갈아타는 곳도 찾기 어렵습니다. ③ 또 주말에는 아주 복잡합니다. ④ 버스는 지하철보다 편리합니다.

DAY 05

廣告對照題

學習目標

- [ ] 學習閱讀廣告
- [ ] 提高對資訊的掌握度
- [ ] 熟知生活韓語

題型 [40]

　　這個題型只要照順序對照就好。①對㉠、②對㉡、③對㉢、④對㉣，不會有混淆的情形。還有沒有底線的部分不用看，所以請勿從頭看到底，只需看有底線的部分。

練習題 1（第 20 回第 40 題）

밑줄 친 부분을 잘못 바꾸어 쓴 것을 고르십시오.

서울백화점 새 학기 할인 행사

㉠ • **기간** : 2월 21일(월) ~ 2월 27일(일)

㉡ • **할인 품목** : 학생용 가구(30%↓), 신발(20%↓)

㉢ • **사은품** : 가방 (10만 원 이상 구입 시)

㉣ ※ 교환 가능 (영수증을 꼭 가져오세요.)

① ㉠ – 일주일 동안 할인 행사를 합니다.

② ㉡ – 가구보다 신발을 더 많이 깎아 줍니다.

③ ㉢ – 물건을 십만 원 이상 사면 선물로 가방을 줍니다.

④ ㉣ – 산 물건을 바꾸려면 영수증이 있어야 합니다.

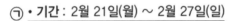

對照範例	〈內容〉	〈選項〉
㉠ 期間：2 月 21 日（一）～ 2 月 27 日（日）		① 活動期間持續一個禮拜。
㉡ 折扣項目：學生用家具（7 折）、鞋子（8 折）		② 鞋子的折扣比家具多。
㉢ 贈品：包包（購買額 10 萬元以上時）		③ 若購物超過 10 萬元以上便送包包。
㉣ 可以退換（請務必攜帶發票）		④ 如果要更換已經買的東西，必須要帶發票。

正確的答案：②

밑줄 친 부분을 잘못 바꾸어 쓴 것을 고르십시오 .

하나 테니스 교실

ㄱ • 시   간 : 오전 6:00~7:00, 오후 7:00~9:00

ㄴ • 장   소 : 하나스포츠센터 (오시는 길 : 하나스포츠센터 홈페이지 참조)

ㄷ • 수 강 료 : 어른 80,000원, 어린이 50,000원

ㄹ ※ 주말에는 수업이 없습니다.

하나스포츠센터 02)1234-5678

① ㄱ-오전 수업을 더 오래 합니다 .

② ㄴ-하나스포츠센터에서 테니스를 가르칩니다 .

③ ㄷ-어른의 수강료는 어린이보다 비쌉니다 .

④ ㄹ-주말에는 테니스를 배울 수 없습니다 .

〈內容〉	〈選項〉
ㄱ 時間 : 上午 6:00 ~ 7:00，下午 7:00 ~ 9:00	① 上午上課上得比較久
ㄴ 場所 : Hana 運動中心（交通方式 : 請參考 Hana 運動中心網頁）	② 在 Hana 運動中心有教網球
ㄷ 學費 : 成人 80,000 元，兒童 50,000 元	③ 成人學費比兒童還貴
ㄹ 週末沒有課	④ 週末不能學習網球

正確的答案 : ①

練習題 **3** （第 27 回第 40 題）

밑줄 친 부분을 잘못 바꾸어 쓴 것을 고르십시오.

서울마트 할인 행사

ㄱ·할인 기간: 8월 1일 ～ 8월 3일

ㄴ·할인 상품: <u>과일</u> (8월 1일), <u>채소</u> (8월 2일), <u>고기</u> (8월 3일)

ㄷ·영업 시간: 오전 9시 ～ 오후 10시

ㄹ ※ 라면 5개를 드립니다. (단, 10만 원 이상 구입 시)

① ㄱ – 8월 3일까지 할인 행사를 합니다.

② ㄴ – 매일 고기를 싸게 팝니다.

③ ㄷ – 아침 아홉 시부터 문을 엽니다.

④ ㄹ – 10만 원 이상 사는 손님에게 라면을 줍니다.

對照範例

〈內容〉	〈選項〉
ㄱ 折扣期間：8 月 1 日～8 月 3 日	① 折扣活動至 8 月 3 日。
ㄴ 折扣商品：水果 (8/1)、蔬菜 (8/2)、肉類 (8/3)	② 每天肉類都賣得很便宜。
ㄷ 營業時間：上午 9 點～晚上 10 點	③ 早上 9 點開始營業
ㄹ ※ 贈送 5 包泡麵（但須消費滿 10 萬元以上）	④ 把泡麵送給買 10 萬元以上客人

正確的答案：②

밑줄 친 부분을 잘못 바꾸어 쓴 것을 고르십시오.

동물원 이용 안내

⊙·관람 시간: 3월 ～ 10월 (오전 9시 ～ 오후 7시)
　　　　　11월 ～ 2월 (오전 10시 ～ 오후 6시)
ⓛ·입 장 료: 13세 이상 5,000원, 12세 이하 무료
ⓒ·행　　사: 코끼리 타기 (오후 2시 ～ 4시, 어린이 100명만)
ⓔ·행사 참가: 입장 시 신청 (행사 시작 2시간 전까지)

☎ 문의 전화: (02)123-4567

① ㉠ - 1월부터 12월까지 모두 관람 시간이 같습니다.

② ㉡ - 12세 이하는 무료로 입장할 수 있습니다.

③ ㉢ - 코끼리는 어린이 100명만 탈 수 있습니다.

④ ㉣ - 행사 시작 두 시간 전까지 참가 신청을 받습니다.

05

	〈內容〉	〈選項〉
㉠	參觀時間：3月～10月（上午9點～晚上7點），11月～2月（上午10點～下午6點）	① 1月到12月的參觀時間都一樣。
㉡	票　　價：13歲以上5,000元，12歲以下免費	② 12歲以下可以免費參觀。
㉢	活　　動：騎大象體驗（下午2點～4點，限兒童100名）	③ 只有100名兒童能騎大象。
㉣	參加活動：進場時報名（活動開始前2小時為止）	④ 接受申請只到活動開始前2小時為止。

正確的答案：①

本題型常見單字 》》

1. 廣告活動相關單字：

　전시회（展覽）、대회（比賽）、축제（慶典）、교실（教室）、
　할인 행사（折扣活動）

2. 活動時間相關單字：

　기간（期間）、일정（行程）、일시（日期時間）
　평일（平日）、주말（週末）、오전（上午）、오후（下午）、
　쉬는 날（休息日）、관람 시간（參觀時間）、운영 시간（營運時間）、
　영업 시간（營業時間）、상담 시간（詢問時間）、예약 시간（預約時間）、
　신청 기간（申請期間）、할인 기간（折扣期間）

3. 活動費用相關單字：

　입장료（門票費）、수강료（課程費用）

4. 活動對象相關單字：

　신청자（申請者）、대상（對象）、
　참가자（參加者）、참가 자격（參加資格）

5. 活動地點相關單字：

　장소（場所）、출발（出發）、도착（抵達）

6. 活動商品相關單字：

　상품（商品）、할인 상품（折價品）、사은품（贈品）、증정（贈送）、교환
가능（可以換）、환불 가능（可退費）、영수증 지참（需帶發票）、세일（打折）

1 밑줄 친 부분을 잘못 바꾸어 쓴 것을 고르십시오.

<< 서울백화점 추석 맞이 특별 세일 >>

㉠ 세일 기간 : 2013 년 9 월 8 일 ~ 9 월 20 일

㉡ 영업 시간 : 오전 9:00 ~ 오후 9:00

㉢ 30 만원 이상 구매 시 3 만원 상품권 증정

㉣ 구매액에 관계없이 3 시간 무료 주차

① ㉠ - 9 월 20 일까지 세일을 합니다

② ㉡ - 아침 9 시부터 저녁 9 시까지 엽니다.

③ ㉢ - 30 만원 이상 사면 3 만원짜리 상품권을 받을 수 있습니다.

④ ㉣ - 하루 종일 무료 주차를 할 수 있습니다.

2 밑줄 친 부분을 잘못 바꾸어 쓴 것을 고르십시오.

< 조선시대 여성의 삶 > 학술 토론회

㉠ 일시 : 2013 년 8 월 23 일 (수) 오후 1 시

㉡ 장소 : 한국대학교 사회과학관 대강당

㉢ 토론자 : 김미경 (한국대학교 역사학과 교수) ,

한혜진 (민국대학교 한국사학과 교수)

㉣ 토론회 후 간단한 다과회가 준비되어 있습니다.

① ㉠ - 8 월 23 일 수요일에 토론회가 있습니다.

② ㉡ - 한국대학교 사회과학관 대강당에서 토론회를 합니다.

③ ㉢ - 토론자는 2 명입니다.

④ ㉣ - 토론이 끝나고 바로 집으로 돌아갑니다.

❸ 밑줄 친 부분을 잘못 바꾸어 쓴 것을 고르십시오.

> <2013 서울의 역사 사진전>
>
> ㉠ 기간 : 2013년 5월 1일(수)~ 5월 30일(금)
>
> ㉡ 입장료 : 성인 /3,000원, 청소년 /2,000원
>
> ㉢ 쉬는 날 : 매주 월요일
>
> ㉣ 장소 : 서울 시립 미술관 2층

① ㉠– 전시회는 5월 1일에 시작합니다.

② ㉡– 어른과 청소년의 입장료가 같습니다.

③ ㉢– 사진 전시회는 월요일마다 쉽니다.

④ ㉣– 전시회를 하는 곳은 미술관입니다.

❹ 밑줄 친 부분을 잘못 바꾸어 쓴 것을 고르십시오.

> < 제 20회 한국어 말하기 대회 >
>
> 일시 : 2013년 9월 28일(토) 오후 1시
>
> ㉠ 대상 : 한국어를 사랑하는 고등학생 및 대학생
>
> ㉡ 상품 : 1등(고등부, 대학부 각 1명)
>
> 　　　　 – 한국 왕복 비행기표
>
> 　　　　 2등(고등부, 대학부 각 2명) – 전자사전
>
> ㉢ 참가 신청 : 홈페이지에서 신청서 작성 후 제출
>
> ㉣ 접수 마감 : 2013년 7월 31일(수) 오후 6시

① ㉠– 대학생만 참가할 수 있습니다.

② ㉡– 1등을 하면 비행기표를 줍니다.

③ ㉢– 접수는 인터넷으로 합니다.

④ ㉣– 2013년 7월 31일까지 신청서를 내야 합니다.

❺ 밑줄 친 부분을 잘못 바꾸어 쓴 것을 고르십시오.

> < 식물원 이용 안내 >
>
> ㉠ 관람 시간 : 오전 10 시 ~ 오후 6 시
>
> ㉡ 입장료 : 만 13 세 이상 2,000 원 , 만 12 세 이하 무료
>
> ㉢ 쉬는 날 : 매주 월요일
>
> ㉣ 행사 : 말린꽃 공예 배우기 (오후 2 시 ~4 시)

① ㉠ - 오전 10 시에 입장할 수 있습니다 .

② ㉡ - 12 세 이하는 무료로 입장할 수 있습니다 .

③ ㉢ - 매주 월요일은 쉽니다 .

④ ㉣ - 말린꽃 공예를 배우려면 오후 2 시 ~4 시에 등록해야 합니다 .

❻ 밑줄 친 부분을 잘못 바꾸어 쓴 것을 고르십시오.

> < 서울 시티투어 버스 이용 안내 >
>
> ㉠ 출발 : 시청 앞 , 오전 9 시 30 분
>
> ㉡ 여행 일정 : 시청 -> 남산 -> 점심식사 -> 경복궁
>
> -> 창경궁 -> 시청
>
> ㉢ 이용 요금 : 평일 30,000 원 , 주말 50,000 원
>
> ㉣ 예약 : 평일 오전 9 시 ~ 오후 6 시
>
> 서울 관광안내소 (02) 123-4567

① ㉠ - 시청 앞에서 출발합니다 .

② ㉡ - 점심식사 후에 남산을 구경합니다 .

③ ㉢ - 토요일과 일요일에는 50,000 원을 내야 합니다 .

④ ㉣ - 예약은 평일에 해야 합니다 .

7 밑줄 친 부분을 잘못 바꾸어 쓴 것을 고르십시오.

> < ks 어린이 공원 이용 안내 >
>
> ㉠ 이용 시간 : 평일 오전 9 시 ~ 오후 6 시 ,
>
>   토 / 일요일 오전 9 시 ~ 오후 8 시
>
> ㉡ 이용 요금 : 만 2 세 이하 아동 10,000 원 , 만 3 세 이상 15,000 원 ,
>
>   성인 5,000 원
>
> ㉢ 쉬는 날 : 연중 무휴
>
> ㉣ 할인 혜택 : ks 신용카드 이용 결재 시 20% 할인
>
> 문의 전화 (02) 123-4567

① ㉠ – 주말에는 오후 8 시까지 이용할 수 있습니다 .

② ㉡ – 어른은 15,000 원입니다 .

③ ㉢ – 쉬는 날이 없습니다 .

④ ㉣ – ks 신용카드를 쓰면 20% 할인 됩니다 .

8 밑줄 친 부분을 잘못 바꾸어 쓴 것을 고르십시오.

> < 서울 도서 박람회 >
>
> ㉠ 기간 및 시간 : 2013 년 8 월 15 일 ~ 8 월 17 일 ,
>
>   오전 9 시 ~ 오후 8 시
>
> ㉡ 장소 : 한국 무역센터 지하 1 층
>
> ㉢ 이용 요금 : 평일 2,000 원 , 주말 3,000 원
>
> ㉣ 주차 이용 안내 : 한국 무역센터 지하 4 층 , 2,000 원 /1 시간
>
> 문의 전화 (02) 123-4567

① ㉠ – 오전 9 시부터 오후 8 시까지 구경할 수 있습니다 .

② ㉡ – 박람회는 한국 무역센터 지하 1 층에서 합니다 .

③ ㉢ - 토요일과 일요일에는 2,000 원을 내야 합니다 .

④ ㉣ - 지하 4 층에 차를 세울 수 있습니다 .

9 밑줄 친 부분을 잘못 바꾸어 쓴 것을 고르십시오 .

< 한국 음식 문화 체험 행사 안내 >

㉠ 기간 및 시간 : 2013 년 5 월 13 일 (월),

오후 1 시 ~ 오후 5 시

㉡ 장소 : 한국 문화 체험관 2 층 대강당

㉢ 체험 내용 : 김치 담그기 , 잡채 만들기

㉣ 참가비 : 5,000 원

예약문의 (02) 123-4567, abcd@abcd.co.kr

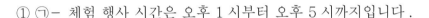

① ㉠ - 체험 행사 시간은 오후 1 시부터 오후 5 시까지입니다 .

② ㉡ - 한국문화 체험관 2 층 대강당에서 음식 만들기를 합니다 .

③ ㉢ - 김치와 잡채를 만듭니다 .

④ ㉣ - 참가비는 없습니다 .

❿ 밑줄 친 부분을 잘못 바꾸어 쓴 것을 고르십시오.

< 서울 백화점 추석 맞이 세일 >

㉠ 기간 : 2013 년 9 월 24 일 ~ 9 월 30 일

㉡ 행사 내용 : 기간 내 전품목 20% 할인 ,

　　　　　　구매액 50 만원 추가시 5 만원권 상품권 지급

㉢ 우대 사항 : 서울 백화점 카드 이용 결재 시 5% 추가 할인

㉣ ※ 전자제품 , 식당가 제외 .

　　　　　　　　서울 관광안내소 (02) 123-4567

① ㉠ - 9 월 24 일부터 9 월 30 일까지 세일을 합니다 .

② ㉡ - 50 만원 이상 구매하면 5 만원짜리 상품권을 줍니다 .

③ ㉢ - 서울 백화점 카드로 돈을 내면 25% 할인 됩니다 .

④ ㉣ - 텔레비전 , 컴퓨터도 20% 할인 됩니다 .

DAY **06**

看圖填空

學習
目標

☐ 正確掌握圖片傳達的資訊

☐ 熟知考題常用句型

☐ 熟知固定搭配的詞彙

題型 [41]

　　這題滿分為 6 分。如果寫得不夠清楚，只能拿到部分分數，像是 4 分、3 分、2 分、1 分，但是千萬不要放棄這題，因為有寫就有分哦！老師的建議是先熟悉常常登場的句型，寫起題目來也比較得心應手。

常常登場的句型

❶ V- 는 것을 좋아하다：我喜歡 V

　例 저는 낚시하는 것을 좋아합니다. 我喜歡釣魚。

　　남자는 노래하는 것을 좋아합니다. 男生喜歡唱歌。

　　（比較）把動詞放在「이다（是）」前面的時候，要用 V- 기型態（動詞名詞化）。

　例 남자의 취미는 기타 치기입니다. 男人的興趣是彈吉他。

　　내 취미는 영화 보기입니다. 我的嗜好是看電影。

❷ V- (으)러 가다：我去做 V、我為了 V 去

　V- (으)러 오다：來做 V、我為了 V 來

　V- (으)러 떠나다：離開去做 V、我為了 V 離開

　例 나는 책을 사러 서점에 갑니다. 我去書店買書。

　　나는 친구를 만나러 커피숍에 왔습니다. 我來咖啡廳和朋友見面。

　　나는 여행하러 서울로 떠납니다. 我去首爾旅遊。

❸ V-(으)면 안 되다：不行、不准做 V

　例 상영관에서는 휴대전화를 받으면 안 됩니다. 電影放映廳裡不行接電話。

　　큰 소리로 말하면 안 됩니다. 不行大聲說話。

④ **V- 지 마십시오 , V- 지 마세요 :** 請您不要 V、請不要 V

　　⑩ 빨간불일 때 길을 건너지 마십시오 . 紅燈的時候請勿過馬路。

⑤ **V/A- 아 / 어 / 해서 :**「因為 V/A」或「V/A 之後，緊接著發生的事情」

　　⑩ 오늘 날씨가 좋아서 등산을 갑니다 . 因為今天天氣很好，所以去爬山。

　　　눈이 와서 날씨가 추워요 . 因為下雪，所以天氣很冷。

　　　남자는 시장에 가서 운동화를 삽니다 . 男人去市場買運動鞋。

⑥ **V- 아 / 어 / 해야 하다 :** 必須 V、得 V

　　V- 아 / 어 / 해야 되다 : 一定要 V 才行

　　⑩ 파란불일 때 길을 건너야 합니다 . 一定要綠燈的時候再過馬路。

　　　이 곳에서는 줄을 서야 합니다 . 這裡一定要排隊。

　　　입장하기 전에 표를 먼저 사야 됩니다 . 進去之前，必須先買票。

⑦ **V- 아 / 어 / 해 주다 :**（幫別人）做 V

　　V- 아 / 어 / 해 드리다 :（幫陌生人或長輩）做 V（敬語）

　　⑩ 남자는 여자에게 길을 알려 주고 있습니다 . 男生幫女生指路。

　　　여자는 남자의 숙제를 도와 주고 있습니다 . 女生在輔助男生寫作業。

　　　아이는 할머니의 짐을 들어 드리고 있습니다 . 孩子幫奶奶提東西。

⑧ **잘 V :** 很會 V

　　잘 못 V : 不太會 V

　　못 V : 不能 V

　　⑩ 여자는 자전거를 잘 탑니다 . 女生很會騎腳踏車。

　　　남자는 노래를 잘 못 합니다 . 男生不太會唱歌。

　　　저는 한국어를 잘 못 합니다 . 我不太會說韓語。

　　　표가 없어서 기차를 못 탑니다 . 因為沒有票，所以不能搭火車。

練習題 1 （第 28 回第 41 題）

그림을 보고 （　　） 에 알맞은 말을 쓰십시오.

여자는 남자에게 길을 （　　　　　）.

答案是「女生在幫男生指路。」

「6 分」的答案：

· 알려 주고 있습니다.

· 가르쳐 주고 있습니다.

· 안내하고 있습니다.

「4 分」的答案，缺少「現在進行式」：

· 알려 줍니다.

· 가르쳐 줍니다.

· 안내합니다.

單字　알려주다　告訴
　　　가르쳐주다　告訴
　　　안내하다　指引、引導

그림을 보고 （ ）에 알맞은 말을 쓰십시오.

저는 （　　　　）것을 좋아합니다.

答案是「我喜歡唱歌／我喜歡唱韓國歌」

· 노래하는

· 노래 부르는

· 한국 노래 부르는

單字　노래하다　唱歌
　　　노래 부르다　唱歌

練習題 **3** （第 25 回第 41 題）

그림을 보고 （　）에 알맞은 말을 쓰십시오.

남자는 약을 （　　　　）합니다.

答案是「男生打算買藥。／男生打算配藥。」

· 사려고

· 지으려고

單字　사다　買
　　　짓다　配（藥）
　　　약국　藥局

그림을 보고 （ ） 에 알맞은 말을 쓰십시오 .

우리는 날씨가 （　　　　　） 산에 갑니다 .

答案是「因為天氣很好，我們去山裡。／因為是晴天，我們去山裡。」

「6 分」的答案：

· 좋아서

· 맑아서

「4 分」的答案：

· 좋으니까

· 맑으니까

因為 V/A-(으)니까的後面需要建議型「-(으)ㄹ까요?」、「-(으)세요」、「-(으)ㅂ시다」等，所以雖然中文意思沒錯，但是用法不算正確，所以會扣分。

單字　좋다　（天氣）好
　　　　맑다　（天氣）晴朗
　　　　나쁘다　不好
　　　　흐리다　（天氣）陰

Day 6 綜合測驗

※ 그림을 보고 (   ) 에 알맞은 말을 쓰십시오 .

❶

극장에서 앞 좌석을 (   ) 안 됩니다 .

❷

여자는 커피를 (   ) 합니다 .

배가 (　　　　　) 학교에 못 갔습니다.

④

입장하려면 표를 (　　　　　).

❺

지금 자리에 (　　　　　　) 나중에 다시 전화해 주세요 .

❻

저는 컴퓨터를 (　　　　　) .

7

표를 (   ).

8

여자는 아침 (   ).

❾

여자는 (   ) 공부합니다 .

❿

상영관에서 (   ) 안 됩니다 .

DAY 07

寫作文

學習目標

- [ ] 學習正確的寫作格式
- [ ] 學習寫作常見錯誤
- [ ] 學習寫作好用句型

題型 [46]

⊕這題的重點是「把題目裡面的東西全部寫出來」。韓檢的作文題目不是單純的一句話，而是要求完整的內容，所以一定要把題目要求的內容放進去才是重點。

⊕其次是字數的問題。初級需寫 150~300 字，不到 150 個字也扣分，超過 300 字太多也不行，所以一定要注意字數，因為字數是左右這道題扣分與否的重要因素。

⊕用格式體（-（스）ㅂ니다/까？）或非格式體（-아/어/해요）書寫比較好，如果不是要寫跟朋友對話的內容，盡量不要用半語（平語）寫作文。

⊕最後，請記得這句：韓檢作文題並不是要寫自己「想」寫的內容，而是要寫自己「能」寫的內容。很多同學還不會用韓文表達自己想寫的內容，如果勉強寫，結果都不理想。通常硬寫出來的內容不是文法用錯，就是用錯單字，內容也會變得怪怪的。所以平時多準備幾個句型或背些佳句，才能寫出流暢的文章。

寫稿子的方法

《空格》

1. 每段開頭一定要空一格字，從第二格開始寫。

○	본		제	품	은		소	비	자	기	본	법	에		따	른		소	비
자	분	쟁		해	결	기	준	에		따	라		보	상	을		받	을	
수		있	습	니	다	.													
○	고	객	상	담	실		또	는		소	비	자	보	호	원	을		통	해
보	상	을		청	구	하	실		수		있	습	니	다	.				

↳空一格

2. 文章中若出現對話，需另起新行，並且從第二格開始寫。

　　① 即從第二格開始寫「　"」

　　② 不管句子的長短如何都要換行，也就是對話文每個角色都要另起新行。

另起新行，且空二格

	아	침	에		세	수	를		하	고		하	수	구	로		빠	져	나
가	는		물	을		보	며		인	사	한	다	.						
	"	잘		가	,	다	음	에		만	나	자	. "						
	"	오	늘		나	를		깨	끗	하	게		해		줘	서		고	마
워	. "																		
	"	사	랑	해	. "														

3. 文章中若出現「引用句」，也需另起新行，並且從第二格開始寫。所有引用的部分都要從第二格開始寫。

另起新行，且空一格

	지	난		대	선	에		출	마	한		모		대	통	령		후	보
는		다	음	과		같	이		말	해		주	목	을		끌	기	도	
했	다	.																	
	"	나	는		돈		많	은		기	업	인	이	지	만		딸	들	을
	유	학	보	내	지	도		않	았	다	.		내		딸	들		모	두
	한	국	에	서		교	육	을		마	쳤	다	. "						

4. 若要分選項，則每個選項都要從第二格開始寫。

空一格

2	.	품	질		표	시													
	가	.	품	명		:	막	대	걸	레									
	나	.	원	산	지		:	중	국										
	다	.	제	조		:	한	국		주	식	회	사						

5. 如果需要打空格的部分剛好是下一行的第一格,那麼千萬不要空格,只要在最後一格外面標示「V」,表示這裡需要空格即可。

	그	러	던		어	느		날	,	남	자	는		전	에		여	자	가	V
앉	아		커	피	를		마	시	던		커	피	숍	에		들	러		커	
피	를		마	셨	다	.														

標示於格子外偏上方

《數字和羅馬字》

1. 羅馬數字、大寫字母和只有一個字的阿拉伯數字,這三個都要一個字元寫在一格裡。

	T	A	I	W	A	N		I	II	III		3	.	1	운	동			

2. 大寫字母開始的英文單字是,大寫字母占一格,兩個小寫字母占一格。

	T	ai	wa	n		K	or	ea											

3. 數字也是兩個數字一格,如果是奇數位數(三、五、七位數等),則從最前面起將數字兩個兩個寫在一格裡。

	15	⓪	개			30	00	⓪	원		10	00	00	원					

自己占一格

4. 小寫字母也是兩個字母一格,如果是奇數字數(三、五、七個字等),則從最前面起,將字母兩個兩個寫在一格裡。

	st	ud	en	ⓣ			te	ac	he	ⓡ									

自己占一格

5. 數字或英文單字還沒寫完,但是格子不夠的話,不需要換行,只要直接寫在最後一格的外面即可。

	게	다	가		이	번		달	부	터		택	시		요	금	이		20	⓪
원	이	나		올	랐	다	.													
그	렇	지	만		한	국	어	의		영	어	외	래	어	는		co	mp	ut	ⓔⓡ
를		컴	퓨	터	라	고		쓴	다	.										

6. 要寫單位很大的數字時，剛好寫到最後，格子外面的空間不夠，此時直接換行即可。

空下來直接換行

	서	울	에		있	는		백	화	점	에		갔	을		때	,	◯
1,	00	0,	00	0	원	짜	리		옷	을		보	고		깜	짝		놀	랐
다	.																	

《句號》

大原則：韓文的句號位置是格子的「左下角」。

1. 陳述、命令、要求等句子最後以句號結尾。

	뉴	욕	의		물	가	는		비	싸	다	.					
	우	리		집	에		갑	시	다	.							

2. 用阿拉伯數字表現年月日時，年、月、日之間都需要句號隔開。

	20	12	.	12	.	12	.										

《逗號》

大原則：韓文的逗號位置是格子的「左下角」。

1. 詞彙並列時以逗號隔開。

	한	국	,	대	만	은		같	은		아	시	아		국	가	예	요	.

2. 呼喚或回應時以逗號停頓語氣。

	은	성	아	,		이	리		와	.							
	네	,	알	겠	습	니	다	.									

3. 前後兩個句子以逗號連接。

	지	금		비	가		많	이		오	니	까	,	집	에		빨	리	
갑	시	다	.																

《問號》

大原則：韓文的問號在格子的「正中央」。

1. 直接問句時使用。

	"	어	느		나	라		사	람	이	에	요	?	"					

2. 反問句時也可以使用。

	이	게		더		좋	지		않	아	요	?							

《讚嘆號》

大原則：韓文的驚嘆號在格子的「正中央」。

1. 讚嘆、感嘆、驚嘆的語氣。

	꽃	이		정	말		예	쁘	군	요	!								

2. 強烈的命令。

	지	금		당	장		떠	나	!										

3. 呼叫的時候。

	수	정	아	!			시	원		씨	!								

學生作文點評 1

　전　그리스~~를~~　여행하고　싶습니다. ~~를~~ 요(리)

래전에　한　책을　읽었습니다. 그∨책은　그

리스~~를~~　소개　했습니다. 사진도　많~~아~~고 (았)

~~X~~∨예~~쌌~~니다(예썼습). 그∨책∨때문에　전　아르다운　그 (풍경도)

리스~~를~~　~~X~~　알았어요. 그리고　전　역사

를　좋아했어요. 신화~~를~~(도)　좋아했어요. 그

리스~~를~~에서　~~X~~(유)적이　많아서　전　정말　가

서　보고　싶어요. 전　그　나라를　여행한

다면　(모두)　유~~X~~(유)한　~~X~~적을　볼∨거예요. 매

일　바다　옆에 (바닷가에서)　일몰~~X~~도∨볼∨거예요. 꼭　너 (정말)

무　즐거~~X~~요. (을거예)

| 學生作文點評 2

	제가		좋	아	하	는		친	구	가		두		명		있	습	니
다	.	그		친	구	들		이	름	은		체	리		하	고		하	나	입
니	다	.	두		친	구	의		성	격	이		아	주		다	릅	니	다	.
체	리	는		재	미	있	는		사	람	입	니	다	.		우	리	는		같
이		드	라	마	를		보	고		한	국	어	를		배	웁	니	다	.
우	리	는		자	주		한	국	어	로		이	야	기	를		합	니	다	.
한	국	어	로	이	야	기	은		진	짜		재	미	있	지	만		어	렵
습	니	다	.	하	나	는		제		대	학	교		친	구	입	니	다	.
하	나	는		말	이		많	지		않	습	니	다	.	하	나	는		똑
똑	한		친	구	입	니	다	.	제	게	게	문	제	가		있	으	면		하
나	는		저	에	게	를		도	와	줍	니	다	.	저	는		두		친	구
를		아	주		좋	아	합	니	다	.							

여러분은 어떤 요리를 좋아합니까? 왜 그것을 좋아합니까? 그것을 얼마나 자주 먹습니까? 여러분의 요리 솜씨도 함께 쓰십시오.

你們喜歡什麼菜？為什麼喜歡那道菜？多久吃一次那道菜？請連做菜的手藝也一起寫。

水晶老師 作文小叮嚀

你一定要記住的「作文好用句」

❶ 我很喜歡的 N_1 是 N_2：제가 좋아하는 N_1 은 / 는 N_2 입니다.

제가 좋아하는 요리는 한국요리입니다. 我喜歡的料理是韓國料理。

제가 좋아하는 나라는 이탈리아입니다. 我喜歡的國家是義大利。

제가 좋아하는 영화는 로맨틱 코미디입니다. 我喜歡的電影是浪漫喜劇。

❷ N_1 比 N_2 還 V/A：N_1 이 / 가 N_2 보다 더 A、N_2 을 / 를 N_1 보다 더 V

대만에서 먹는 한국 요리보다 한국에서 먹는 한국 요리가 더 맛있어요. 在韓國吃的韓國菜比在台灣吃的韓國菜還好吃。

한국 옷이 대만 옷보다 더 좋아요. 韓國衣服比台灣衣服還好。

제 친구는 영화보는 것보다 쇼핑하는 것을 더 좋아해요 我朋友比看電影更喜歡逛街。

❸ 頻度副詞：

언제나 / 항상 / 늘 總是；자주 常常；가끔 偶爾；거의 안 / 못 幾乎沒有 / 不 / 不能；전혀 안 / 못 根本沒有 / 不 / 不能

❹ 常用的副詞：

특히 尤其是；심지어 甚至；평소에 平常生活中；원래 原本 / 原來

參考範例

	저	는		한	국	요	리	를		좋	아	합	니	다	.	특	히		불
고	기	와		떡	볶	이	를		좋	하	합	니	다	.	불	고	기	는	
맵	지		않	아	서		좋	아	합	니	다	.	떡	볶	이	는		값	이	V
싸	고		맛	있	어	서		좋	아	합	니	다	.	저	는		불	고	기
를		한		달	에		한		번		정	도		먹	습	니	다	.	떡
볶	이	는		한	국	에		여	행	갈		때		항	상		먹	습	니
다	.	저	는		원	래		요	리	를		잘		못		합	니	다	.	V
그	래	서		한	국	요	리	도		꼭		사		먹	어	야		합	니
다	.																		

譯文 我喜歡韓國料理。尤其是烤肉和辣炒年糕。我喜歡是因為烤肉不辣，辣炒年糕便宜又好吃。我大概一個月會吃一次烤肉，去韓國玩的時候常常吃辣炒年糕。我本來就不會做菜，所以韓國料理一定要買來吃。

　여러분은 어느 나라를 여행하고 싶습니까? 왜 그 나라를 여행하고 싶습니까?

만약 그 나라를 여행한다면 어떻게 여행을 하고 싶은지 쓰십시오.

你們想去哪個國家旅遊?為什麼想去那裡?如果你去那裡,想怎麼旅遊?

水晶老師 作文小叮嚀　很好用的作文句型

1. 因為 V/A：왜냐하면 V/A- 기 때문입니다 .

저는 떡볶이를 좋아합니다 . 왜냐하면 맵기 때문입니다 . 我喜歡辣炒年糕，因為辣。

저는 피자를 싫어합니다 . 왜냐하면 살이 찌기 때문입니다 . 我不喜歡披薩，因為會變胖。

2. 因為 V/A 而 ~：V/A- 아 / 어 / 해서 V

저는 프랑스 영화를 좋아해서 프랑스어를 배웠습니다 .

因為我喜歡法國電影，所以學了法文。

저는 한국 연예인을 좋아해서 한국어를 배웠습니다 .

我喜歡韓國藝人，所以學了韓語。

3. 我要 V：V–（으）ㄹ 것입니다 .

저는 내년에 일본으로 여행 갈 것입니다 .　我明年會去日本旅行。

저는 한국어 공부를 열심히 할 것입니다 .　我會認真學習韓語。

4. 事態副詞：

옛날에 很久以前；학생 때 我學生的時候；얼마 전에 不久之前；열심히 認真地

참고범例

	저	는		프	랑	스	를		여	행	하	고		싶	습	니	다	.	
왜	냐	하	면		저	는		그	림		그	리	기	를		좋	아	합	니
다	.	프	랑	스	에	는		크	고		좋	은		박	물	관	이		많
이		있	습	니	다	.		박	물	관	에		그	림	이		많	이	
있	습	니	다	.	그		그	림	들	을		보	고		싶	습	니	다	. V
그	리	고		저	는		프	랑	스	에	서		유	명	한		유	적	을	V
볼		것	입	니	다	.	사	진	도		많	이		찍	고		친	구	한
테		편	지	도		쓸		것	입	니	다	.							

譯文 我想去法國旅行。因為我喜歡畫畫。法國有很多又大又好的博物館，博物館裡有很多畫。
我想看那些畫，還有我要去看法國有名的古蹟。也要拍很多照片，和寫信給朋友。

※ 다음을 읽고 150 ～ 300 자로 글을 쓰십시오 . (30 점)

❶ 여러분은 책 읽는 것을 좋아합니까? 무슨 책이 가장 재미있었습니까? 왜 그 책을 좋아합니까? 여러 분이 읽은 책에 대해 쓰십시오 .

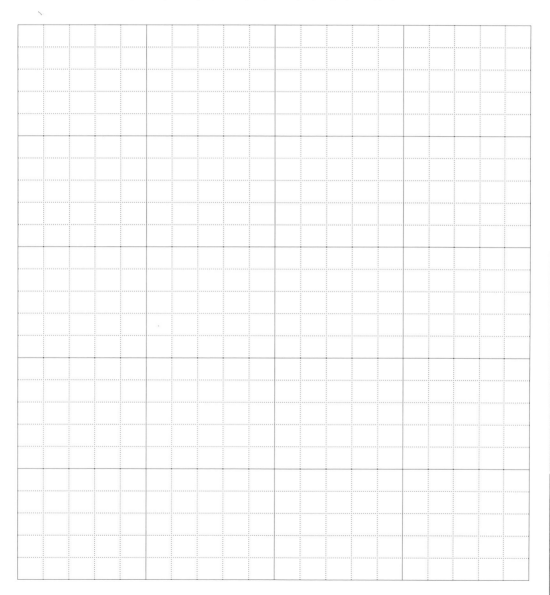

❷ 여러분은 누구를 만나고 싶습니까? 왜 그 사람을 만나고 싶습니까? 그 사람을 만나서 무엇을 하고 싶습니까? 여러분이 만나고 싶을 사람에 대해서 쓰십시오.

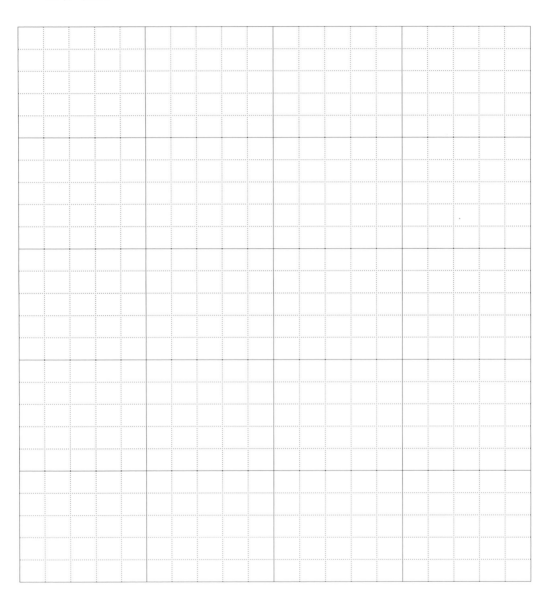

③ 여러분의 가족은 누가 있습니까? 무슨 일을 합니까? 무엇을 좋아합니까?
여러분의 가족에 대해 쓰십시오. (第28回考古題)

④ 여러분은 무슨 일을 합니까? 무엇을 좋아합니까? 왜 한국어를 공부합니까?
자기를 소개해 보십시오. (第30回考古題)

5 여러분은 주말에 보통 무엇을 합니까? 어디에서 합니까? 누구하고 같이 합니까? 여러분이 주말을 어떻게 보내는지 쓰십시오 . (第29回考古題變化)

DAY 1~7

試題解答

Day ❶ 綜合測驗

1	③
2	④
3	④
4	①
5	②
6	어디에서 봤어요 / 어느 극장에서 봤어요
7	김기에 걸려서 학교에 못 왔어요
8	사진을 찍었어요
9	무슨 영화를 볼까요 / 무슨 영화 좋아해요 / 무슨 영화 보고 싶어요
10	언제 없어진 것 같아요 / 언제 없어졌어요

Day ❷ 綜合測驗

1	2	3	4	5	6	7	8	9	10
①	①	②	②	②	③	④	④	③	①

1	④
2	①
3	②
4	①
5	기분이 좋아지기 / 하루를 기분 좋게 시작할 수 있기
6	탈 수 있습니다
7	보기로 했습니다 / 볼 것입니다
8	재미있습니다 / 어렵다고 생각합니다 / 어렵지만 재미있다고 생각합니다
9	스마트폰만 있으면 / 스마트폰이 있다면 / 스마트폰을 가지고 있으면
10	가격도 싸기 때문입니다 / 그 나라를 기억할 수 있기 때문입니다 / 부피도 작기 때문입니다 / 무겁지 않기 때문입니다

Day 4 綜合測驗

1	2	3	4	5	6	7	8	9	10
③	④	②	④	③	④	③	④	②	④

解答

Day 5 綜合測驗

1	2	3	4	5	6	7	8	9	10
④	④	②	①	④	②	②	③	④	④

Day 6 綜合測驗

1	발로 차면
2	6 分 : 주문하려고 / 시키려고 / 사려고 5 分 : 마시려고
3	아파서 / 너무 아파서 / 많이 아파서
4	사야 합니다 / 사야 해요 / 사세요 / 구입해야 합니다 / 입해야 해요 / 구입하세요
5	6 分 : 안 계시니까 5 分 : 없으니까
6	잘 못해요 / 잘 못합니다 / 잘 몰라요 / 잘 모릅니다 / 못해요 / 못합니다
7	사려면 줄을 서야 합니다 / 사고 싶으면 줄을 서야 합니다 / 사려면 줄을 서세요 / 사고 싶으면 줄을 서세요 / 살 때는 줄을 서야 합니다 / 살 때는 줄을 서세요
8	일찍 일어났습니다 / 일찍 일어납니다 / 일찍 일어났어요 / 일찍 일어나요
9	음악을 들으면서
10	큰 소리로 말하면 / 큰 소리로 떠들면 / 시끄럽게 말하면 / 시끄럽게 하면

1. 여러분은 책 읽는 것을 좋아합니까? 무슨 책이 가장 재미있었습니까? 왜 그 책을 좋아합니까? 여러분이 읽은 책에 대해 쓰십시오

你喜歡看書嗎?你覺得哪本書最好看?為什麼喜歡那本書?請寫出關於各位看過的書。

【作文範例】

　저는 소설책 읽는 것을 좋아합니다. 저는 공지영 작가의 '우리들의 가장 행복한 시간'이 가장 재미있었습니다. 이 책을 읽고 사형제도에 대해 다시 한 번 생각하게 되었습니다. 저는 책을 읽고 어떤 문제에 대해 생각할 수 있는 책이 좋습니다. 그래서 이 책을 좋아합니다. 이 책은 대만에도 있습니다. 중국어 번역본입니다. 한국어 공부를 더 열심히 해서 나중에 이 책을 한국어로 읽을 수 있으면 좋겠습니다.

【中譯】

我喜歡看小說。我最喜歡孔枝泳作家的《我們的幸福時光》。看了這本書,讓我重新思考死刑這件事。我喜歡看完之後,能讓我思考某些問題的書。所以我喜歡這本書。這本書台灣也有,是中文翻譯版本。我會更認真學習韓文,希望以後我能用韓語看這本書(看得懂韓語的版本)。

2. 여러분은 누구를 만나고 싶습니까? 왜 그 사람을 만나고 싶습니까? 그 사람을 만나서 무엇을 하고 싶습니까? 여러분이 만나고 싶을 사람에 대해서 쓰십시오.

各位想見到誰?為什麼想和那個人見面?和那個人見面後想做什麼?請寫出關於你想見的人。

【作文範例】

　저는 이준기 씨를 만나고 싶습니다. 저는 이준기 씨를 정말 좋아합니다. 이준기 씨는 항상 열심히 합니다. 그래서 아주 멋있습니다. 저는 이준기 씨를 만나서 악수를 하고 사인을 받고 싶습니다. 또 선물을 주고 싶습니다. 사진도 꼭 같이 찍어야 합니다. 저는 이준기 씨를 좋아해서 한국어를 배웁니다. 나중에 이준기 씨와 한국어로 이야기하고 싶습니다.

【中譯】

我想見到李準基。我真的很喜歡李準基。李準基總是很努力,所以很帥氣。和李準基見面後,我想跟他握手和要簽名,也想送他禮物,也一定要和他合照。我因為喜歡李準基而學韓語,以後我想和李準基用韓語交談。

解答

3. 여러분의 가족은 누가 있습니까 ? 무슨 일을 합니까 ? 무엇을 좋아합니까 ? 여러분의 가족에 대해 쓰십시오 . (28 회 기출문제)

各位的家族成員有誰？他們的工作是什麼？他們喜歡什麼？請寫出關於各位的家人。(第 28 屆考古題)

【作文範例】

　우리 가족은 아버지 , 어머니 , 저 , 여동생 이렇게 모두 4 명입니다 . 아버지는 은행에서 일을 하십니다 . 우리 아버지의 취미는 낚시입니다 . 그래서 주말에 저와 함께 낚시를 가는 것을 좋아하십니다 . 우리 어머니는 선생님입니다 . 학원에서 수학을 가르칩니다 . 제 동생은 대학생입니다 . 중문과 학생입니다 . 어머니와 동생은 한국 드라마에 관심이 많습니다 . 그리고 저는 회사원입니다 . 저는 한국 노래를 좋아합니다 . 그래서 한국어를 열심히 공부하고 있습니다 .

【中譯】

我的家人有爸爸、媽媽、我、妹妹一共 4 個人。爸爸在銀行工作，興趣是釣魚，所以爸爸喜歡週末和我一起去釣魚。我媽媽是老師，在補習班教數學。我妹妹是大學生，是唸中文系的學生。媽媽和妹妹喜歡看韓劇。還有我是上班族，我喜歡韓文歌，所以很認真地學韓語。

4. 여러분은 무슨 일을 합니까 ? 무엇을 좋아합니까 ? 왜 한국어를 공부합니까 ? 자기를 소개해 보십시오 . (30 회 기출문제)

各位的工作是什麼？喜歡什麼？為什麼學韓語？請寫自我介紹。(第 30 屆考古題)

【作文範例】

저는 대만에서 항공사에 다니는 회사원입니다 . 한국 드라마와 한국 가수를 좋아합니다 . 그래서 매주 수요일 회사가 끝나면 학원에 가서 한국어를 배웁니다 . 저는 시간이 있으면 한국에 여행을 갑니다 . 보통 1 년에 2 번 정도 갑니다 . 올해 5 월에 한국에 갔을 때 벚꽃놀이를 했습니다 . 벚꽃이 정말 예뻤습니다 . 한국에서 여행할 때 한국어로 이야기를 했습니다 . 정말 기분이 좋았습니다 . 저는 나중에 한국으로 유학을 가고 싶습니다 .

【中譯】

我是上班族，在台灣的航空公司上班。我喜歡韓劇和韓國歌手，所以每個星期三下班，我就會去學韓語，我有時間就會去韓國旅行，一般來說 1 年會去 2 次左右。今年 5 月我去韓國賞櫻，櫻花真的很漂亮。在韓國旅行說韓語，真的很開心。我之後想去韓國留學。

5. 여러분은 주말에 보통 무엇을 합니까? 어디에서 합니까? 누구하고 같이 합니까? 여러분이 주말을 어떻게 보내는지 쓰십시오. (29 회 기출문제 응용)

各位週末都做些什麼?在哪裡和誰一起?請寫出各位都是如何度過週末。(第 29 屆考古題應用)

【作文範例】

저는 주말에 보통 친구들과 함께 쇼핑을 하거나 영화를 봅니다. 저는 영화를 좋아해서 친구들을 만나면 시먼딩에 있는 영화관에서 영화를 봅니다. 그리고 가끔 시내에 가서 놉니다. 시내에는 구경할 것도 많고 맛있는 것도 많이 있기 때문입니다. 친구들과 시내에 가면 쇼핑을 합니다. 백화점에서 쇼핑을 하고 백화점 지하에 있는 식당에서 음식을 먹습니다. 또 서점에 가서 책을 사기도 합니다. 주말에는 회사에 가지 않고 친구들과 즐거운 시간을 보낼 수 있습니다. 그래서 저는 주말이 좋습니다.

【中譯】

我週末平常都和朋友一起逛街或是看電影,因為我喜歡電影,所以和朋友見面就會去西門町的電影院看電影。還有偶爾會到市區玩,因為市區有很多可以看的東西,也有很多好吃的東西。我和朋友到市區就會逛街,在百貨公司逛街,在百貨公司的地下美食街吃飯,還有也會去書店買書。週末不用上班,可以和朋友度過愉快的時間,所以我喜歡週末。

解答

韓語檢定初級：TOPIK寫作

作　　　者：魯水晶
總　編　輯：顏秀竹
主　　　編：張維君
執 行 編 輯：曾晏詩、蔡孟婷
封 面 設 計：管仕豪
內 頁 排 版：健呈電腦排版股份有限公司
插　　　圖：好寶
印　　　刷：禹利電子分色有限公司

董 事 長：洪祺祥
法 律 顧 問：建大法律事務所
財 務 顧 問：高威會計師事務所

出　　　版：日月文化出版股份有限公司
製　　　作：EZ叢書館
地　　　址：台北市信義路三段151號9樓
電　　　話：(02)2708-5509
傳　　　真：(02)2708-6157
E - m a i l：service@heliopolis.com.tw
網　　　址：www.ezbooks.com.tw
郵 撥 帳 號：19716071 日月文化出版股份有限公司

總 經 銷：聯合發行股份有限公司
電　　　話：(02)2917-8022
傳　　　真：(02)2915-7212

出 版 日 期：2013年7月初版
I S B N：978-986-248-335-0
定　　　價：149元

■是否為 Korea 訂戶？　　□是 □否

■姓名 ＿＿＿＿＿＿＿＿＿＿＿ 性別 □男 □女

■生日　民國 ＿＿＿年 ＿＿＿月 ＿＿＿日

■地址　□□□-□□（請務必填寫郵遞區號）

＿＿＿＿＿＿＿＿＿＿＿＿＿＿＿＿＿＿＿＿＿＿＿＿＿＿

■聯絡電話（日）＿＿＿＿＿＿＿＿＿＿＿＿＿＿＿＿＿＿

　　　　　（夜）＿＿＿＿＿＿＿＿＿＿＿＿＿＿＿＿＿＿

　　　　　（手機）＿＿＿＿＿＿＿＿＿＿＿＿＿＿＿＿＿

■E-mail ＿＿＿＿＿＿＿＿＿＿＿＿＿＿＿＿＿＿＿＿＿
（請務必填寫E-mail，讓我們為您提供VIP服務）

■職業
　□學生　□服務業　□傳媒業　□資訊業　□自由業　□軍公教　□出版業
　□商業　□補教業　□其他

■教育程度
　□國中及以下　□高中　□高職　□專科　□大學　□研究所以上

■您從何種通路購得本書？
　□一般書店　□量販店　□網路書店　□書展　□郵局劃撥

您對本書的建議……

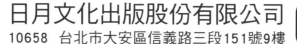